tredition®
www.tredition.de

AF397675

Vivien Länquis

Leichen im Brookside Park

© 2017 Vivien Länquis
Umschlag, Illustration: Cover: Linda Woode;
www.designs-und-cover.de, Bildmeterial: © Shut-
terstock.com

Verlag: tredition GmbH, Hamburg

ISBN
Paperback: 978-3-7345-7724-6
Hardcover: 978-3-7345-7725-3

Printed in Germany

Vorwort

Dieser Krimi wird in meinem zweiten Buch voller eroti-
scher Kurzgeschichten als *Russisches Roulette* zu finden
sein. Bei diesem Werk handelt es sich „nur" um einen
Krimi und nicht wie in demnächst folgenden Buch um einen erotischen Krimi. Bei den gewissen Szenen blende ich
galant aus, um den Lesern entweder im Dunkeln zu lassen
oder ihm seine Fantasien zu überlassen was da noch kommen mag. Sicherlich wird sich nach der Überarbeitung der
Ablauf der Geschichte nicht sonderlich ändern, dennoch
lohnt es sich im Jahre 2017 danach Ausschau zu halten.

Leichen im Brookside Park

Die Straßen von Bel Air waren von dichtem Nebel durchzogen. Ungewöhnlich zu dieser Jahreszeit in Los Angeles. Die Schwärze der Nacht erschwerte es zusätzlich, die Prachtbauten mit neugierigen Blicken zu mustern. Selbst am Tag war dies kaum möglich. Viele der Villen-Besitzer verbargen ihr Hab und Gut mit großen Mauern oder hochgewachsenen Büschen. Entweder aus Angst vor Neidern oder gerade um Neider auf sich aufmerksam zu machen.

Zwei Autoscheinwerfer huschten durch den Nebel, der über der Straße lag. Langsam schnitten sie sich ihren Weg durch die Nebelwand. Die dazugehörige Stretchlimousine bog zielsicher in die Sackgasse ab, die auf den Berg führte.

Obwohl noch nicht Mitternacht, schien die Gegend menschenleer. Eine Katze tauchte wie aus dem Nichts vor den Scheinwerfern auf. Ebenso schnell verschlang sie der Nebel wieder.

Am Ende der Straße hielt der Wagen vor einem eisernen Tor, umrahmt von Mauern. Ein kurzer Wortwechsel zwischen Fahrer und Wachmann und die Limousine durfte passieren. Das Tor fiel hinter dem Wagen zurück ins Schloss. Schleichend folgte der Wagen dem Weg bis vor die vielen Stufen, die zum Hauseingang führten.

Zwei schwarze Gestalten verließen den Wagen und schritten die Treppen hinauf. Ohne auch nur auf sich aufmerksam machen zu müssen, öffnete sich die Tür und sie wurden hereingebeten.

»Miss Irina, Miss Tamalia, schön Sie wieder in diesem Hause begrüßen zu dürfen.«

»Guten Abend Charles, es freut mich, Sie gesund wiederzusehen.« Irina lächelte den Butler an. Ihre Hand berührte beim Reden seine alten Schultern. Für diese Geste erntete sie von Tamalia einen zornigen Blick. Tamalia war ein kühler Profi. Sie konnte Freundlichkeit in ihrem Geschäft nicht dulden.

Irina nahm zögernd ihre Hand von seinen Schultern.

»Mr de la Crug erwartet Sie schon. Er sagte mir, es werden zehn Frauen sein.« Ein wenig verstohlen schaute er sich um.

»Was Mr de la Crug wünscht, wird er bekommen.« Mit ihrem russischen Akzent wirkte Tamalia noch bedrohlicher und kühler als beabsichtigt, während bei Irina der Akzent sinnlich und erotisch anmutete.

Tamalia drehte sich um und machte dabei eine Handbewegung. Sofort traten nacheinander zehn weitere schwarze Schatten aus dem Auto. Alle, wie die beiden Russinnen, mit einem schwarzen langen Mantel bekleidet. Einzig ihre Gesichter sowie schwarze Nylons und High Heels waren zu erkennen.

»Bitte meine Damen, hier entlang.« Charles schien völlig unbeeindruckt von deren Erscheinung. Seine Ausbildung in Englands bester Butlerschule machte sich nun bemerkbar.

Er führte die Gesellschaft in einen großen Saal, der fast vollständig mit rotem Plüsch ausgekleidet war. Auch die Wände waren mit dem Stoff bedeckt. Ein riesiger Tisch mit Leckereien und einer riesigen Auswahl an Getränken stand in der Mitte des Raumes. An den Seiten rote, gemütliche Sofas. Eine Ecke war mit vielen roten Kissen ausgelegt, darüber hing an der Decke ein Spiegel.

Tamalia ließ ein Lächeln erahnen. So kannte sie den lieben de la Crug. Diskret schloss Charles die Türe hinter den Damen.

»Mädchen, Aufstellung bitte«, Tamalia klatschte in die Hände. »Sobald die Flügeltüren an der Seite aufspringen, geht's los. Ich möchte, dass ihr euren Job mehr als gut macht. Antonio ist ein guter Kunde und ich, wir«, ein verstohlener Blick wanderte zu Irina, »möchten ihn gerne behalten.«

Kaum war die Ansprache zu Ende und die Mädchen zurechtgemacht und in Position gebracht, sprangen die Flügeltüren auf.

»Irina, Tamalia, schön euch zu sehen.« Ein sportlich gut gelaunter Antonio de la Crug erschien zwischen den Türen. Mit ausgestreckten Armen schritt er auf die beiden Damen zu. Erst Irina, dann Tamalia begrüßte er mit Wangenküsschen und einer vertraulichen Umarmung.

Ein kurzer Blick galt der Ware hinter den beiden. In Reihe standen dort zehn weitere Mädchen, allesamt hübsch anzusehen und freudig lächelnd.

Antonio drehte sich zur Tür.

»Meine Herren, es ist angerichtet. Treten Sie ein, lassen Sie sich verköstigen und von meinem Programm verwöhnen.«

Fünf weitere Männer in Anzügen, älteren Jahrgangs, einige leicht, andere mehr durchsetzt, tauchten in der Tür auf. Mit diesem Anblick hatten sie nicht gerechnet und blieben erstaunt stehen.

»Mädels, ich darf bitten. « Wieder klatschte Tamalia in die Hände, woraufhin die Mädchen gleichzeitig ihre schwarzen Mäntel öffneten und zu Boden gleiten ließen.

Die Münder der Anzugträger klappten allesamt nach unten. Sie konnten nicht glauben, was sie zu sehen bekamen. Jedes der Mädchen war nur mit schwarzen Spitzendessous und Strapsen bekleidet.

»Meine Herren, ich habe Ihnen ein reichhaltiges Buffet nach einem erfolgreichen Geschäftsabkommen versprochen und ich halte hiermit mein Wort. Bedienen Sie sich. Aber bitte, behandeln Sie die Damen mit Respekt«, fügte Antonio hinzu.

Das ließen sie sich nicht zweimal sagen und machten sich auf schnellstem Wege mit den freundlichen Damen bekannt.

Antonio hingegen widmete sich den beiden Frauen, die immer noch ihren Mantel anhatten. Sein durchtrainierter Oberkörper spannte sein weißes Hemd. Der braune Teint des gebürtigen Italieners wurde dadurch noch verstärkt. Er wusste nie so recht, wie er seine Haare stylen sollte. Heute waren sie aalglatt zurückgegelt.

»Ihr beiden Süßen, was habt ihr heute für mich?« Seine weißen geraden Zähne blitzten sie an.

»Antonio, für dich nur das Beste. Uns natürlich.« Tamalia ergriff wie üblich das Wort.

»Oh, ihr beiden Süßen.« Er schritt auf die Grazien zu. »Ihr seid die Besten.« Er streckte seine Arme aus und umarmte sie so heftig, dass die beiden kurz ihre Haltung verloren.

»Gebt mir fünf Minuten Vorsprung.« Damit drehte er sich in Richtung Tür und rief:

»Damion.«

Sofort tauchte sein Leibwächter an seiner Seite auf.

»Ja, Boss?« Antonio zuckte zusammen. Ihm war nach all den Jahren immer noch schleierhaft, wie sich so ein starker Mann, wie Damion es war, so anschleichen konnte und immer sofort zur Stelle war, wenn er ihn rief.

»Damion, ich werde mich nun zurückziehen. Achte bitte darauf, dass die Herren sich benehmen und gehen, wenn es Zeit dazu wird.«

»Natürlich Boss.«

Hielt man Tamalia schon für kalt, Damion übertraf es bei weitem. Tamalia lächelte zumindest für ihre Kunden und konnte eine richtige Gesellschafterin sein, die auch mal herzhaft lachen konnte, wenn es angebracht war und es ums Geld ging. Damion hingegen hielt Wörter und Gefühlsreaktionen für überflüssig. Gefühle würden ihn schwach machen. Deswegen war der ehemalige Kickbox-Champion seit Jahren der treue Leibwächter von Antonio de la Crug.

De la Crug schätzte seine Loyalität ihm gegenüber. Jedem seiner Mitarbeiter traute er Verrat zu, Damion würde ihn nicht hintergehen.

»Meine Herren, ich werde mich jetzt verabschieden. Bitte essen und trinken Sie auf. Sie sind meine Gäste«, wandte sich de la Crug an seine schon schwer beschäftigten Geschäftspartner.

»Bis gleich, meine Süßen, wir haben was zu feiern.« Beschwingt verließ er den Raum.

»Komm Irina, wir machen uns noch mal frisch.« Tamalia fasste ihrer Partnerin an den Arm und zog sie zu einer der vielen Örtlichkeiten in der Villa.

Damion schielte kurz zu den beiden wasserstoffblonden Damen hinüber, bevor er sich vor der Eingangstür aufbaute und sich dem Treiben im Raum widmete. Die Gäste waren mittlerweile alle schwer in Gespräche vertieft oder ließen sich auf verschiedene Weise von den Damen bedienen.

Irina strich sich über die Wangen und versuchte mit den Fingern ihre Augenbrauen in Form zu bringen. Ihr Blick ging zu ihrer Geschäftspartnerin Tamalia, die sich ebenfalls durchs Gesicht strich. Irina war überzeugt, dass sie nicht solche markanten Gesichtszüge hatte, wie man es dem russischen Volk nachsagte. Ihr langes Gesicht war von weichen Formen umgeben und anders als ihre Brüste von Natur aus gegeben. Ihre vollen weichen Lippen zogen jeden Blick auf sich. Gerne spielte sie mit ihnen.

Die kleinen blauen Augen wirkten fast hinterhältig, ließen sich aber mit einigen Schminktricks zu Größe verhelfen, so dass alles optisch aufeinander abgestimmt zusammenpasste.

Tamalias Gesicht hingegen, so empfand Irina, sah typisch russisch aus. Kalt und kantig. Die zusätzlich aufgespritzten Wangen verstärkten diesen Eindruck noch. Ihre Lippen waren schmal und ihre Augen ausdruckslos.

Tamalia als Freundin zu haben war nicht einfach, doch sie verstand was von ihrem Geschäft und vor allem von Männern.

»Irina, du darfst nicht immer so nett sein zu allen. Das ist nicht gut.«

»Was soll daran falsch sein? Freundlichkeit kann einem so manche Türen öffnen. Irgendwann wirst du es auch so sehen und dein Herz mal über dein hübsches Köpfchen setzen.« Irina musste dabei lächeln und schubste ihre Freundin, die sie so auch ein wenig zum Schmunzeln brachte, dabei leicht zur Seite.

»Du und deine naive Art, ich denke, sie wird dir irgendwann zum Verhängnis werden.«

Schon hatte sich die Heiterkeit bei Tamalia verzogen und sie blickte mit ernster Miene in Irinas Augen.

»Wir ziehen das heute durch, ja? Du schaffst das, oder? Wir haben alles besprochen und durchgespielt, immer wieder. Heute ist es endlich so weit.«

Irina winkte ab. »Keine Sorge, ich weiß, was zu tun ist. Ich bin genauso bereit wie du.«

Beide Frauen standen vor dem Spiegel, atmeten tief ein, richteten gleichzeitig ihre Brüste zurecht und schritten zur Tat.

»Meine Damen, Showtime. Wir haben was zu feiern.«

In seinem geräumigen und doch kahlen Schlafzimmer lag Antonio auf einem großen, runden Bett, das mit plüschigen Kissen übersät war. Eine großzügige Bar und ein Glasschreibtisch waren noch die einzigen Möbelstücke in diesem Raum.

Antonio hatte sich eine Zigarre angezündet. Lag nur mit seinem Morgenmantel bekleidet, der offen war, mitten auf seiner plüschigen Spielwiese.

»Mädels, überrascht mich.«

Tamalia und Irina stellten sich vor das Bett und knöpften langsam ihre Mäntel auf. Beide Mäntel glitten zu Boden. Antonio gefiel sehr, was er da sah. Anders als die Damen unten im Saal trugen Irina und Tamalia nichts weiter unter ihren Mänteln. Nur ihre Heels.

Lächelnd schwangen sie ihre nackten Körper zur Bar und griffen sich drei Gläser und eine Schampusflasche. Ein Glas gaben sie Antonio, der den Inhalt mit einem großen Schluck leerte. Die beiden Damen nippten nur zaghaft an ihren Gläsern. Sie hatten schließlich noch einen Job zu erledigen.

»Mädels, fangt an.«

Beide stellten ihre Gläser ab, rutschten zum Ende des Bettes und fingen mit ihren Spielchen an. Sie streichelten und züngelten sich.

Mit einem breiten Grinsen beobachtete Antonio das Treiben zu seinen Füßen. Er war so sehr fasziniert von der Darbietung der beiden Schönheiten, dass er nicht bemerkte, wie noch jemand das Geschehen ungeduldig beobachtete.

Der dichte Nebel ließ keine neugierigen Blicke von draußen zu. Die Spionageattacke kam vom Nebenzimmer. Heimliche Blicke verschlangen angespannt und nervös die Szenen auf dem Bett von de la Crug.

Die Sonne erkämpfte sich bereits ihren Platz am Horizont, als die Limousine samt Insassen von de la Crugs Anwesen fuhr. Sie hinterließ den jetzt nur noch leichten Nebel in den Bergen von Bel Air und sauste den hellen Strahlen entgegen.

Ein dumpfer Knall durchschnitt die Stille.

Greg Blunck sog die frische Morgenluft in gleichmäßigen Zügen in sich auf, während er in gemäßigtem Tempo seine Jogging-Tour im Brookside Park absolvierte. Eine friedliche Stille herrschte hier, vor allem in den Morgenstunden. Eine schöne Abwechslung zum sonst hektischen Leben in Los Angeles. Das Footballstadion bettete sich in die Schönheit der Natur. Stunden vor dem nächsten Spiel herrschte auch hier bei jeder seiner Runden Ruhe. Diesen Morgen war es allerdings anders.

Greg blieb stehen. Diesen Knall konnte er nur allzu gut zuordnen. Er tippte auf eine Browning mit Schalldämpfer. Eine hübsche Waffe, schoss es ihm durch den Kopf. Vielleicht ihm persönlich etwas zu lang inklusive Schalldämpfer, so müsste die Waffe ziemlich nach unten ziehen. Darauf sollte man vorbereitet sein.

Er schüttelte seinen Kopf, um diese Gedanken loszuwerden. Sie gehörten nun nicht hierher. Es war eben geschossen worden und von weitem sah er drei Gestalten auf sich zu rennen. Vorneweg eine Frau, ohne Zweifel. Der hellblaue Nickianzug schien durch das Grün des Parks. Eine schlechte Farbwahl, wenn man vorhatte sich zu verstecken. Knapp hinter ihr rannten zwei Männer, in Schwarz gekleidet. In ihrer jeweils rechten Hand sah Greg etwas aufblitzen. Eindeutig Schusswaffen.

Der Abstand zwischen der Gejagten und den Verfolgern wurde schnell kleiner. Die Frau keuchte vor Erschöpfung. Ihr langes blondes Haar flog wirr durch ihr Gesicht.

Da übersah sie eine Baumwurzel und stolperte. Sofort waren die Männer zur Stelle und packten ihr Opfer grob an den Armen. Wie ein Aal wand sie sich unter den Griffen. Ohne jeglichen Erfolg. Selbst zu schreien vermochte sie nicht mehr. Ihre Kehle war trocken von der Hetzjagd.

Greg eilte zu der Stelle, um mehr über diese ungewöhnlichen Morgenaktivitäten zu erfahren.

Der Mann mit den verdammt vielen Locken auf dem Kopf und dem passenden düsteren Blick dazu fuchtelte unkontrolliert mit seiner Waffe vor Gregs Gesicht herum.

»Joggen Sie weiter. Das hier ist eine Familienangelegenheit.«

Greg war enttäuscht. Er sah keine FN Browning in den Händen der Angreifer, sondern nur gewöhnliche Glocks.

Das verwirrte ihn einen Moment, so hätte er sich doch nicht täuschen können. Er wischte den Gedanken erst mal beiseite, er würde sich später damit auseinandersetzen, wie es zu diesem Irrtum kommen konnte. Nun hatte die Frau in Not Vorrang.

»Ich weiß nicht so recht, in meiner Familie geht das anders zu.« Er sah in die flehenden Augen der blonden Frau, die ihn an irgendjemanden erinnerte.

»Glauben Sie, was Sie wollen. Es wäre besser für Sie, wenn Sie verschwinden würden.« Der Lockenkopf deutete auf seine Waffe, die Greg wohl beeindrucken sollte.

Blitzschnell traf ihn Gregs Handkantenschlag, der die Waffe zu Boden schleudern ließ. Damit hatte sein Gegenüber nicht gerechnet. Die nachfolgende Linke traf in das ungeschützte Gesicht und ließ seinen Gegner taumeln.

Die Frau nutzte die Gelegenheit, um sich von dem anderen schwarz gekleideten Mann loszureißen. Sie hatte Mühe sich fortzubewegen. Viel zu ausgepowert war sie. Dennoch schien sie große Willenskraft zu besitzen oder ihre Todesangst verlieh ihr enorme Kräfte.

Dann ging alles blitzschnell. Während der Lockenkopf sich benommen an einem Baum abstützte, kickte sein Partner Greg die Füße weg, so, dass dieser zu Boden fiel. Sofort richtete er seine Waffe auf Greg und schoss. Doch Greg rollte sich schon im Fall zur Seite, so dass die Kugel neben ihm in den harten Sandboden einschlug. Ehe der Kerl ein zweites Mal auf ihn feuern konnte, schnellte Greg mit seinem Fuß genau in die Kniekehle seines Gegners. Dieser verlor sogleich das Gleichgewicht und feuerte die Kugel gen Himmel, statt auf Greg. Bevor sich der Kerl von dem Schrecken erholen konnte und aufstand, beugte sich

Greg über ihn und entwendete ihm, indem er seinen Arm herumzog, die Pistole.

Der Kerl schien nicht begeistert zu sein in die Mündung seiner eigenen Waffe zu schauen. Er murmelte etwas, was Greg nicht verstand, sich aber ziemlich nach Fluchen anhörte.

Aus dem Augenwinkel sah er, wie der Lockenkopf sich zu bewegen vermochte. Schon richtete er die Pistole auf ihn. Mit seinem linken Fuß hielt er den anderen am Boden gedrückt.

»Nun seid ihr dran, verschwindet. Richtet eurer Oma aus, dass sie erst mal ohne Enkelin speisen muss.« Greg fand seinen Wortwitz selbst zum Lachen.

Da sich der Lockenkopf nicht in Bewegung setzte, zielte Greg über seinen Kopf und schoss in die Rinde des Baumes. Erschrocken zuckte er zusammen. Nervös schielte er in Richtung Sonne, links an Greg vorbei. Um nicht die Kontrolle über die beiden zu verlieren, musste er der Verlockung widerstehen. Er durfte seinem Blick nicht folgen. Langsam glitt der Lockenkopf zu Boden. Seine Blicke wanderten zu Greg und wieder an diesem vorbei.

»Sie haben erst mal gewonnen. Ich denke allerdings nicht, dass Oma es gutheißen wird, auf ihre geliebte Enkelin zu verzichten.«

Er streckte seinen Arm aus, um seine Waffe aufzuheben. Alles ganz bedacht, um nicht den Anschein zu geben, doch noch schießen zu wollen. Er steckte sie zurück in den passenden Halfter am Gürtel.

Währenddessen hob Greg seinen Fuß von der Brust des anderen, so dass er aufstehen konnte. Ohne sich den Sand abzustreichen, trotteten sie von dannen.

Greg sah sehr zufrieden aus. So ein morgendliches Training gefiel ihm, auch wenn der Lockenkopf seinen Witz geklaut hatte. Denen hatte er es gezeigt.

Da fiel ihm die Frau in Blau ein. Er drehte sich um. Nicht weit von ihm lag der hellblaue Nickianzug auf dem Boden. Da er sich noch bewegte, war noch Leben darin.

Beim Umdrehen riskierte er einen Blick in die Richtung, die der Lockenkopf so bevorzugt hatte. Er sah gegen die Sonne einen weichen Umriss sich abzeichnen. Hinter den herunterhängenden Ästen stand eine breite Gestalt, die das Geschehen immer noch beobachtete. Greg kniff die Augen zusammen, um mehr von dem schwarzen Schatten zu erkennen. Außer ziemlich breiten Schultern konnte er nichts ausmachen.

Der Schatten setzte sich in Bewegung und verschwand geschickt im Gewirr der Äste. Greg konnte sich nun der Dame widmen.

»Keine Angst, Sie sind erst mal in Sicherheit. Können Sie aufstehen?«

Greg hockte sich neben ihr hin.

Die Frau hob ihren Kopf. Durch die blonde Mähne konnte er nun in Ruhe ihr Gesicht betrachten. Es war schön, bis auf wenige frische Kratzer fast makellos. Er blickte in warme blaue Augen. Nun wusste er auch, woher er sie kannte. Die Frau sah aus wie eine Barbie-Puppe.

»Kommen Sie, ich helfe Ihnen.« Er ergriff ihren Arm, um sie in die Waagerechte zu heben.

»Aua, mein Fuß, ich glaube ich habe mir beim Sturz etwas zugezogen.«

Ah, eine russische Barbie, schoss es Greg durch den Kopf. Ihr Akzent hatte sie sofort verraten.

»Kommen Sie, ich helfe Ihnen auf. Mein Büro ist nicht weit von hier. Da können Sie sich etwas ausruhen und frischmachen. Ich werde meiner Assistentin Bescheid sagen, Ihnen etwas zum Anziehen zu besorgen. Ich denke, sie hat in etwa Ihre Kleidergröße.«

Sein Blick lief an ihr hinab, blieb einen Moment an der Brustwölbung hängen. Im Kopf korrigierte er seine Anmaßung. Stephanie hatte nicht so viel Oberweite.

»Dankeschön, das ist sehr lieb von Ihnen.« Die sinnliche Stimme riss ihn aus seinem kurzen Tagtraum.

»Greg, Greg Blunck mein Name. Und wem habe ich eben das Leben gerettet?«

»Irina. Und wirklich, ich bin Ihnen dankbar, wer weiß was die beiden mit mir gemacht hätten, wenn Sie nicht gewesen wären.« Sie humpelte, gestützt von Greg, aus dem Park heraus in das sprühende Leben von Los Angeles

Greg wurde warm ums Herz, als sich ihre Augen trafen. Dennoch blieb er professionell.

Greg hatte nicht gelogen. Schon bald hatten sie sein Büro erreicht, das gleichzeitig seine großzügige Wohnung war. Auf dem Türschild las Irina die Inschrift "Greg Blunck, Privatdetektiv". Etwas fester schmiegte sie sich an ihren Helden, als es die Treppen rauf ging.

»So, Sie können sich auf das Sofa setzen. Ich werde meine Assistentin anrufen und ihr Bescheid sagen. Dann gehe ich nur schnell duschen. Danach haben wir Zeit zum Reden.« Schon verschwand Greg im Nebenzimmer

Irina wusste nicht, was sie davon halten sollte. Sie schaute sich im Zimmer um. Ein typisches Büro für einen Privatdetektiv, empfand sie. Kühl und sporadisch einge-richtet. Mit ein paar Fotos von Persönlichkeiten an der

Wand, um den Kunden zu suggerieren, sie wären seine Klienten gewesen und voll zufrieden mit seinen Diensten.

An der tiefen Fensterfront stand der moderne Schreibtisch mit PC. Daneben ein Regal voll mit Büchern. Ob sinnvoll oder nicht, auch diese machten Eindruck. Eine kleine Bar durfte natürlich auch nicht fehlen. Irina war schon in viele Büros geladen worden, die so aufgebaut waren. Als ob alle demselben Innenarchitekten vertrauen würde. Alles ohne persönliche Note. Selbst das Sofa stand perfekt ausgerichtet gegenüber den Bildern und neben der Bar.

In ihrem Kopf ratterte es, was sollte sie nun machen? Brauchte sie Greg vielleicht noch? Würde er eine Last für sie werden? Zumindest musste sie sich auf neugierige Fragen einstellen.

Da hörte sie die Brause von einem Duschkopf angehen. Nun könnte sie sich aus dem Staub machen. Er würde sie nicht finden können. Doch eine Stimme in ihr sagte, dass es besser wäre zu bleiben. Sie hörte auf dieses Gefühl.

Zumindest wollte sie sich für die Rettung bedanken. Auf ihre Weise und wie es Männer am liebsten mögen.

Irina stand auf und testete ihren Knöchel. Die Schmerzen waren nicht mehr so stark. Ein wenig konnte sie ihn belasten. Sie ging zu dem Raum, in dem Greg verschwunden war. Sie fand sich in seinem Schlafzimmer wieder. Auf seinem sehr ordentlich gemachten Bett lag noch ordentlicher seine Kleidung. Die Tür gegenüber war nur angelehnt. Das Badezimmer, vermutete Irina sofort richtig.

Sie entkleidete sich, anders als Greg ließ sie ihre Sachen allerdings achtlos zu Boden gleiten und sie da auch liegen. Ihre Kleidung bestand nur aus einer Hose und der Trainingsjacke. Unterwäsche hatte sie nicht an.

Wie Gott sie schuf huschte sie ins Badezimmer und schlüpfte gleich zu Greg unter die Dusche.

Stephanie schloss die Tür zu Gregs Büro auf. Sofort bemerkte sie den Duft im Raum. Den Duft, den sie liebte. Stephanie mochte es, wenn Greg duschte. Er ließ die Badezimmertür immer einen Spalt auf, so verteilte sich der Geruch seines Duschgels in der ganzen Wohnung.

Greg stand mitten im Raum seines Büros und trocknete seine kurzen braunen Haare mit einem Handtuch. Als er Stephanie erblickte, lächelte er ihr zu.

»Guten Morgen.«

»Guten Morgen, Greg«, flötete sie zurück. Er hatte noch kein Oberteil angezogen, so dass Stephanie freie Sicht auf seinen durchtrainierten Körper hatte. Seine braune Haut blitzte in der Sonne, die durch die Fenster schien. Ein paar Haarsträhnen fielen ihm dabei ins Gesicht. Sie sollte bald einen Termin beim Friseur für ihren Boss machen, fiel ihr nebenbei ein. Obwohl sie ihn gerade zum Anbeißen fand.

»Greg, hast du noch ein Handtuch?«

Verwirrt blickte Stephanie zur Schlafzimmertür. Dort stand Irina, nur mit einem ziemlich kleinen Handtuch bekleidet, eins um ihre Haare gewickelt.

»Oh, Sie sind bestimmt Stephanie.«

Mit einem aufrichtigen überaus freundlichen Lächeln kam Irina Stephanie entgegen und reichte ihr die Hand. Stephanie ignorierte die Geste und wandte sich zornig zu Greg.

»Ist das die hilflose Frau, die du im Park gefunden hast?«

Während Greg der Ton von Stephanie überraschte, blickte Irina sofort durch und zog sich unauffällig ins

Schlafzimmer zurück, um nach noch einem Handtuch zu suchen.

»Ähm, ja, das ist sie.« Obwohl er wusste, warum Stephanies Stimmung so umschlug, konnte er sich ihren Ärger nicht erklären. Er ist eben nicht irgendeiner. Er ist einer der besten Privatdetektive in Los Angeles. Da geht die Betreuung eines Klienten über alles. Er beschloss, ihren Anfall zu ignorieren, vielleicht entging er so dem anstehenden Tornado.

»Hast du an die Anziehsachen gedacht?«, wollte er ablenken.

»Ja, habe ich, nur kann ich dir jetzt schon sagen, dass sie nicht passen werden. Vielleicht ist dir aufgefallen, dass sie weitaus mehr Oberweite hat als ich.« Zur Untermalung ihrer Äußerung griff sie sich an die Brust.

Greg fluchte innerlich. Dieser Themenwechsel ging daneben. Neuer Versuch.

»Wärest du denn so lieb und würdest etwas Passendes besorgen? Ihre Sachen sind arg mitgenommen. So kann ich sie nicht wieder gehen lassen.« Mit Engelszungen versuchte er sich aus der Schlinge zu ziehen.

»Ach, soll ich euch noch etwas alleine lassen?«

So aufgebracht hatte er Stephanie lange nicht mehr gesehen. Er sah ein, dass er nicht unbeschadet herauskam.

»Schatz«, er kam auf sie zu, »ich möchte noch einige Informationen von ihr bekommen. Ich denke nämlich, die Leute, die sie im Park angegriffen haben, gehören zu de la Crug. Dem will ich schon lange das Handwerk legen. Und sie ist meine Chance dazu.«

Er legte seine Hände auf ihre Schulter und fing an sie zu streicheln. Stephanie hasste sich dafür. Sie konnte ihm nie lange böse sein. Sein Geruch drang in ihre Nase und betäubte ihre Sinne. Die zärtliche Zuneigung von ihm tat den Rest. Schon bald hatte sie ein schlechtes Gewissen, dass sie so eifersüchtig reagiert hatte. Sie wusste ja auch gar nicht, ob die beiden zusammen geduscht hatten. Er war nun mal für Leute in Not da. Dafür liebte sie ihn schließlich.

»Ich werde sehen, was ich tun kann. Ich werde zu Lisa gehen. In ihrem Secondhand-Shop werde ich bestimmt fündig.« Greg drückte ihr einen Kuss auf die Wange.

»Danke, mein Schatz«, hauchte er ihr ins Ohr.

Mit einer unbeschreiblichen Gänsehaut verließ sie sein Büro.

Irina trat in die Tür. Mit einem weißen T-Shirt und einer seiner Boxershorts bekleidet.

»Ich hoffe es stört dich nicht, dass ich mich an deinem Kleiderschrank bedient habe.« Ihre Haare hatte sie hochgebunden. Da sie weder Zopfband noch Spangen gefunden hatte, hatte sie sich mit zwei Bleistiften beholfen, die sorgfältig geordnet auf dem Tischchen neben seinem Bett gelegen hatten. Etwas hilflos stand sie da und wartete auf eine Reaktion von ihm.

Es störte ihn gewaltig. Er war ein sehr ordentlicher Geselle, zu seiner Vorstellung gehörte nicht, dass eine Fremde in seinem Kleiderschrank herumwühlte und seine Sachen anprobierte. Nicht umsonst wohnte er alleine. Selbst Stephanie hatte hier nie übernachtet, geschweige denn seine Dusche benutzt.

Er versuchte, sich nichts anmerken zu lassen. Seine Sachen standen ihr sehr gut. Das weiße T-Shirt ließ vieles erahnen und so einiges erspähen. Es spannte sich an ihren großen Brüsten und schmiegte sich weiter unten an ihre schmalen Hüften. Die Shorts ließen viel von ihren langen Beinen frei. Ihr kleiner Po verschwand regelrecht hinter dem vielen Stoff.

Greg räusperte sich.

»Nein, gar nicht, besser als mit dem Handtuch, nicht wahr?« Ein Lächeln huschte über sein Gesicht, um der Peinlichkeit der Situation zu entkommen.

»Wie wäre es mit Frühstück?«

Greg führte Irina in die Küche neben dem Schlafzimmer. Auch diese war nüchtern und fast steril eingerichtet. Alles schien seinen Platz zu haben. Irina vermisste die weibliche Hand in den Räumen. Nirgendwo deutete etwas darauf hin, dass eine Frau hier Einzug gehalten hätte. Wahrscheinlich waren ihre Haare im Abfluss der Dusche die einzige weibliche Note in den vier Wänden.

»Viel habe ich nicht da, etwas Toast und Joghurt kann ich dir anbieten. Tee?«

»Kaffee wäre mir lieber, falls du welchen hast.«

Sie sah ihm schweigend zu, wie er den Tisch deckte, nach Kaffee suchte und auch fündig wurde. Für solche speziellen Wünsche seiner Klienten war Stephanie zuständig. Er selber machte sich routiniert seine vollwertige Mahlzeit nach dem morgendlichen Joggen.

Irina setzte sich an den Tisch und schaute sich um. Gerne hätte sie etwas Süßes als Brotaufstrich gehabt, konnte aber nichts dergleichen entdecken. Wählerisch durfte sie wohl nicht sein und ihr letztes richtiges Frühstück war schon eine Weile her. Sie nahm, was ihr geboten wurde, und aß ordentlich.

Nach einer Weile schaute Greg sie an. Nahm seinen Becher mit Tee und lehnte sich zurück.

»Was waren das für Typen, die dich verfolgt haben?«

Überrascht blickte Irina von ihrem Teller hoch. Sie straffte ihren Oberkörper und griff ihrerseits zum Kaffee.

»Weiß nicht. Ich wollte die morgendliche frische Luft genießen, als die beiden vor mir standen und mit ihren Pistolen herumfuchtelten. Da bin ich losgerannt. Als ich schon keine Hoffnung mehr hatte, bist du aufgetaucht. Das war mein Glück, denke ich.« Sie machte eine Pause. »Vielleicht wollten sie mich ausrauben oder Schlimmeres, wer weiß, was sie mit mir gemacht hätten.«

Sie log, das merkte Greg sofort. Nicht mal richtig gut. Jeder Laie könnte sie durchschauen.

»Du weißt es also wirklich nicht? Ich denke, diese Herren wollten dich nicht um irgendetwas erleichtern. Sie sind ein paar von de la Crugs Leuten. Sagt dir der Name etwas? Willst du wissen, was ich denke?« Er stellte seinen Becher ab und beugte sich zu ihr vor, um ihr genau ins Gesicht zu sehen.

»Ich denke, du hast den mächtigen Mann ziemlich geärgert und er hat deswegen nach dir suchen lassen. Vielleicht bist du ihm abgehauen oder du solltest etwas für ihn erledigen und warst nicht erfolgreich.«
Er wartete ihre Reaktion ab. Greg bemerkte sehr wohl, dass Irinas Gesichtsfarbe noch blasser wurde bei dem Namen de la Crug. Er war auf der richtigen Spur

»Nein«, Irina begann zu stottern, fing sich aber recht schnell wieder.

»Da liegst du falsch. Ich kenne keinen de la Crug. Ich lasse so nicht mit mir reden. Glaub mir, ich kannte diese Typen nicht.«

»Dann besteht ja jetzt keine Gefahr mehr für dich, wenn du nicht verfolgt wirst.«

»Zumindest will ich mein Glück nicht herausfordern und meide den Park erst mal.« Ein nervöses Lächeln sollte ihr Unbehagen überspielen.

»Na gut, dann kann ich dir nicht weiter helfen, wenn du der Meinung bist und dabei bleibst.«

»Ich hoffe doch sehr, dass ich in der Art keine Hilfe mehr benötige.« Ein erleichtertes Gesicht strahlte Greg entgegen.

Bevor Greg noch weiter nachhaken konnte, erschien Stephanie in der Tür.

»Ich denke ich habe etwas gefunden für die Dame.«

Absichtlich ignorierte Stephanie Irina. Sie hatte sehr wohl bemerkt, mit welchen Sachen sie sich schmückte. Sie wusste, wie pingelig Greg mit seinen Habseligkeiten war. Eifersucht flammte wieder in ihr auf. Sie hatte Mühe, sie in den Griff zu bekommen.

»Oh danke, das ist sehr lieb von dir.«

Irina nutzte die Gelegenheit, um weiteren Fragen von Greg zu entkommen. Sie stand auf und nahm die Sachen von Stephanie entgegen.

»Du hast wirklich einen schönen Geschmack, ich danke dir sehr.«

Sie betrachtete die Kleidung und verschwand schnell ins Schlafzimmer, um der drohenden Situation zu entgehen.

Stephanie hatte mit der Freundlichkeit nicht gerechnet und stand nun ziemlich doof in der Gegend herum.

»Kommst du voran? Hast du was rausbekommen aus ihr?«

»Sie macht dicht, tut so, als ob die Gorillas sie zufällig überfallen hätten. Da stimmt was nicht. Ich sollte an ihr dranbleiben.«

»Das glaube ich gerne«, murmelte Stephanie, als sie Greg half den Tisch abzuräumen. Bevor Greg nachfragen konnte, erschien Irina. Bildhübsch in Jeans und gelbem T-Shirt, wie Greg fand.

»Ich will euch beiden nicht weiter zur Last fallen. Ich werde die Stadt verlassen. Ich danke euch wirklich von Herzen für alles, was ihr getan habt.«

»Moment, wo willst denn hin?« Greg hatte es im Gespür, sie besser nicht gehen zu lassen.

»In Los Angeles war ich nur auf Durchreise. Ich will zu meiner Cousine in Texas.«

»Soll ich dich zum Busbahnhof fahren?«

»Nein, nicht nötig, du hast schon genug getan und dem Knöchel geht es auch wieder gut. Ich glaube, ein kleiner Spaziergang ist nun angebracht.«

»Nimm auf jeden Fall meine Karte mit. Falls du doch Hilfe brauchst.«

Irina nahm die Karte und verschwand im Treppenhaus.

Am nächsten Tag nahm Greg gerade sein gesundes Frühstücksmüsli zu sich, als Stephanie hereinspazierte und ihm die Morgen-Zeitung auf den Tisch legte. Ein zynisches Lächeln umspielte ihre Lippen, immer noch gekränkt von dem gestrigen Vorfall.

»Da hatte eine wohl weniger Glück im Park als diese Irina. Wer weiß, was ich hier vorgefunden hätte, wenn du diese Dame auch noch gerettet hättest.« Die Eifersucht war kaum zu überhören, Greg versuchte es dennoch und vertiefte sich in den Artikel, den Stephanie ihm präsentierte.

Tote im Brookside Park, war da zu lesen. In dem Artikel ging es um eine junge Frau, Identität unbekannt, die gestern Morgen erschossen worden war. Von dem oder den Tätern und dem Motiv war noch nichts an die Öffentlichkeit gedrungen. Die Mordkommission von Los Angeles hielt sich der Presse gegenüber bedeckt.

Greg hob nachdenklich den Kopf.

»Ich denke es wird Zeit, meinem Freund einen Besuch abzustatten, was meinst du, Stephanie?« Er gab ihr einen Kuss auf die Stirn, um sie auf andere Gedanken zu bringen, was in der Regel klappte. Er fand sie beide gaben ein gutes Team ab, wenn nur ihre Eifersucht nicht immer dazwischenkommen würde. Er konnte sich in jeder Lage auf sie verlassen und das schätzte er sehr an seiner Freundin und Partnerin.

»Warum willst du dem nachgehen? Die Russin wollte deine Hilfe nicht. Es hat dich niemand beauftragt.«

»Ich denke aber, es geht um de la Crug. Um ihn endlich aus dem Verkehr zu ziehen, sollte ich jede Chance nutzen.« Zärtlich nahm er sie in den Arm.

»Na dann, rausch schon los zu Redlinger. Ich bewache hier solange das Telefon, um eventuell zahlende Kunden anzunehmen.«

Er verabschiedete sich mit einem leidenschaftlichen Kuss und verschwand durch die Bürotür.

»De la Crug meinst du, hm, du hast dich wirklich an diesem Kerl festgebissen.« Der Leutnant des Morddezernats Los Angeles paffte an seiner Zigarette und musterte sein Gegenüber ausgiebig. Seine Augen wirkten dabei müde und ausdruckslos.

»Du brauchst dich gar nicht erst hinzusetzen«, würgte Redlinger seinen spontanen Gast in dessen Bewegung hin zum Stuhl ab. »Lass uns in die Pathologie gehen, da kann ich dir was zeigen.«

Redlinger erhob sich vom Schreibtisch. Er drückte missmutig seine Zigarette im Aschenbecher aus und verstaute ihn in einem Wandschrank in der Illusion, man würde dann den Zigarettengeruch, der im Büro herrschte, mit wegschließen. Seit Jahren war es den Beamten untersagt im Gebäude zu rauchen, und seit Jahren ignorierte der Leutnant dieses Verbot.

Redlinger schob sich an seinem Holzschreibtisch vorbei und seinen Gast nach draußen. Er war eine eindrucksvolle Erscheinung. Locker könnte er als Double von Hulk Hogan durchgehen. Er alterte im gleichen Tempo wie der Wrestling-Star. Redlinger war eine ruhige und liebevolle Seele, doch wenn man ihn nicht kannte, legte man sich besser nicht mit ihm an. Tauchte er auf und hatte schlechte Laune, konnte es für den Betroffenen durchaus ein schwerer Tag werden.

»Warum willst du mit mir in den Leichenkeller«, fragte Greg Blunck etwas unschuldig seinen stämmigen Freund.

»Ach komm, ich denke du hast den Artikel in der Zeitung gelesen, tauchst hier auf einmal auf und erzählst mir von einer Russin im Park und von de la Crug. Vergessen, dass es mein Job ist Menschen zu durchschauen?«

In der Pathologie angekommen, standen die beiden vor einem Tisch mit einer Frauenleiche darauf. Die Frau war hübsch, fand Greg, aber viel kantiger als Irina. Seine Schutzbefohlene für ein paar Stunden hatte weichere Gesichtszüge, sah nicht so hart vom Leben gezeichnet aus.

»Wisst ihr schon, wer sie ist, oder wer sie war?« Redlinger holte einen Block hervor und las monoton daraus vor.

»Das ist Natascha Linsk, sie kam als Kind aus Russland hier rüber. Sie schlug sich mit ihrer Sippe unauffällig durch die Staaten, bis sie hier als Tamalia, das soll *die Leidenschaftliche* heißen, hängengeblieben ist.« Redlinger blickte von seinem Block hoch, um mit einem Hauch Sarkasmus zu erwähnen: »Ich liebe diese hintergründigen Namen, so spannend wie Nagelpilz«, er schaute wieder auf die Notizen und suchte die Stelle, wo er aufgehört hatte.

»Also, sie nannte sich Tamalia und machte mit einer Freundin, Irina, in der griechischen Mythologie ist Irina die Friedensgöttin«, wieder blickte er hoch und grinste – er kannte Greg Blunck gut genug, um zu wissen, dass er keine unwichtigen Informationen mochte und sah, wie sich die Muskeln in dessen Gesicht zusammenzogen –, »ein Bordell mit Service im Bereich Hausbesuche auf. Die beiden Mädchen waren sehr luxuriös unterwegs – und teuer. Nun hat zumindest Tamalia nichts mehr davon.«

Greg überlegte laut. »Also haben die beiden Mädchen etwas angestellt, ich lehne mich mal weit aus dem Fenster und sage, de la Crug war Kunde bei ihnen. Wahrscheinlich haben sie sich an ihm die Finger verbrannt und nun sind sie auf der Flucht. Na ja, jetzt nur noch Irina. Sie wird nicht weit kommen. De la Crug hält sich nicht so lange an der Spitze des Milieus, weil er so barmherzig ist.

Mist, ich habe sie heute Morgen gehen lassen.«

Redlinger klopfte ihm auf die Schulter. »Wir kriegen ihn schon irgendwann. Wenn er nach Irina sucht, können ihm Fehler passieren. Die Hübsche hier wurde übrigens mit einer Browning erschossen.«

Greg erzählte Redlinger, dass er im Park eine Browning mit Schalldämpfer gehört hatte, aber keiner von Irinas Angreifern so eine Waffe in der Hand gehabt hatte. Es freute ihn aber unheimlich, dass er sich immer noch auf sein Gehör und sein Wissen verlassen konnte. Eventuell hatte er auch den Schützen gesehen. Den Schatten hinter den Ästen. Er beschloss, diese Information noch nicht seinem stämmigen Freund mitzuteilen. Er sah gerade nicht gewillt aus, der Sache wirklich nachzugehen. Greg, gestärkt mit noch mehr Selbstbewusstsein als ohnehin schon, wollte auf eigene Faust mehr über die Zusammenhänge herausbekommen, auch in der Hoffnung, Irina wiederzusehen.

Der Himmel verdichtete sich, allmählich klatschten die ersten Regentropfen ans Fenster. Papu sah schemenhaft sein Gesicht, das sich in dem Glas widerspiegelte. Der leichte Regen wurde stärker. Schon bald war das ganze Fenster klatschnass.

In dem heruntergekommenen Diner war es nun weitaus heller als draußen, obwohl es noch nicht ganz Mittag war.

Was für ein Sommer, huschte der Gedanke Papu durch den Kopf. Nicht dass er sich wirklich mit dem Thema beschäftigen würde. Ihm war das Wetter egal. Vielmehr machte er sich Sorgen um sein Geld. Vor ihm auf dem Tisch neben seinem Kaffeebecher lag eine ältere Zeitung. Aufgeschlagen mit der Nachricht von der Toten, die im Brookside Park gefunden worden war.

Geschieht ihr ganz recht, der Schlampe, dachte Papu. Er wischte sich mit der flachen Hand durch das mit Bartstoppeln übersäte Gesicht. Schwer war sein Atem bei dieser Bewegung. Er war müde.

Seit ein paar Tagen war er auf der Flucht. Schlief hier und dort, anstatt in einem Bett neben einer hübschen Frau. Dieser Zeitungsartikel ließ ihn noch nervöser werden. Die Jungs waren auf der Jagd und sie sind schon erfolgreich gewesen.

Ihn würden sie nicht bekommen, da war er sich sicher. Er war viel zu schlau für diese Gorillas. Er wartete hier nur noch auf seine Verabredung, dann würde er mit dem Geld für immer von der Bildfläche verschwinden.

So in Gedanken wie er war, bemerkte er nicht den kommenden Gast. Ein Mann im schicken Anzug, dem der Regen wohl nichts ausmachte. Mit geradezu aristokratischen Zügen filzte er das kleine Diner, bis er gefunden hatte, was er suchte. Er schritt auf die übel aussehende Gestalt zu und baute sich vor ihr auf.

»Papu, gut dass ich dich hier finde, es ist was nicht in Ordnung. Man hat den Boss geärgert. Das kann er nicht auf sich beruhen lassen. Wir müssen reden, aber nicht hier. Der Boss hat eine Aufgabe für dich.«

Heiß und kalt lief es Papu über den Rücken. Vor ihm stand Damion, der engste Vertraute von de la Crug.

»Wie, was für Ärger und was soll ich machen?« Papu hatte Mühe, nicht zu stottern und unberührt zu wirken. Dabei zitterte er am ganzen Körper. Er konnte in dem undurchdringlichen, nichtssagenden Gesicht, das ihn anstarrte, nichts erkennen. Hatten sie wirklich nicht die leiseste Ahnung, was er getan hatte, oder war das eine Falle? Nur hatte er nicht wirklich eine Wahl. Er musste mitspielen. Damion hatte ihn gefunden. Wenn Damion einen Auftrag bekam, führte er ihn auch bis zum Schluss aus. Ohne Fragen zu stellen.

»Komm mit, dann erkläre ich dir alles.« Er machte eine auffordernde Bewegung, ihm zu folgen. Das tat Papu mit weichen Knien.

Damion führte ihn zu einer Hintertür, die durch den Keller des Diners hindurch nach draußen ging.

Klar, keine Zeugen, schoss es Papu durch den Kopf.

Damion blieb stehen. Papu fluchte in sich hinein, als er sich zu ihm umdrehte. Damion sah man wirklich nicht an, was er vorhatte. Ein völlig versteinertes Gesicht. Zumindest hatte er keine Waffe in der Hand, stellte Papu erleichtert fest. Eventuell kam er doch davon, weil die Idioten einfach keine Ahnung hatten, was für ein Schlitzohr er doch war.

»Man hat die Gutmütigkeit vom Boss ausgenutzt«, fing Damion an. »Seine Spielgefährtinnen, die letztens bei ihm waren. Einer haben wir schon erklärt, dass man so nicht mit seiner Gastfreundschaft umgehen darf. An der anderen sind wir dran. Da kommst du ins Spiel. Du kennst dich gut aus in diesem heruntergekommenen Untergrund. Du wirst sicher schnell herausfinden, wo sie sich versteckt hält.«

Eine große Last fiel von Papu ab. Sie hatten wirklich keine Ahnung, dass er da mit drinnen steckte. Er sah sich wieder in der Karibik am Pool liegen, in jedem Arm eine Schönheit, die ihn bediente, wie er es wollte.

Der Auftrag seines Bosses kam ihm sehr gelegen. So konnte er alles aus der Russin herauspressen und sie dann erledigen. Gleich danach sich absetzen und keiner von den Unterbelichteten, die meinten alles im Griff zu haben, würde Verdacht schöpfen. Wenn alles vorbei wäre und sie eins und eins zusammenzählten, würde er schon in der

Sonne sein. So weit reichte der Arm seines Bosses nicht, da war er sicher.

»Klar, ist kein Problem. Dürfte nicht so schwer sein, sie ausfindig zu machen. Soll ich sie auch gleich erledigen?«

»Nein, auf keinen Fall behelligen. Der Boss will selber mit ihr reden. Spür sie nur auf. Deine Belohnung erhältst du, wenn der Job erledigt ist.«

Schweigen trat ein. Ein unangenehmes Schweigen, welches von Papu unterbrochen wurde.

»Gut, dann werde ich mich mal umhören, um dem Boss schnellstmöglich Resultate zu liefern.«

Er hatte keine Wahl, er musste die Russin vor ihnen finden und selber ihrem Leben ein Ende setzen. De la Crug kannte viele Wege, Menschen zum Reden zu bringen. Das konnte er nicht zulassen.

Papu machte auf den Hacken kehrt und wollte die Treppe nach oben, zurück in das Diner.

»Du weißt, Papu, der Boss wird nicht gerne verarscht. Von niemandem. Da muss er ein Zeichen setzen.«

Papu hielt in der Bewegung inne, drehte sich aber nicht um. In ihm wuchs die Siegessicherheit.

»Ja, das sollte er auch nicht auf die leichte Schulter nehmen. Sich bestehlen lassen in seiner Position, da kann man kein Auge zudrücken.«

Damion packte blitzschnell zu. Seine beiden Hände umfassten das Gesicht von Papu, der gar nicht so schnell schreien konnte.

»Eben, von dem Diebstahl habe ich gar nichts erwähnt.«

Mit einem leisen Knacken brach das Genick von Papu, als Damion seinen Kopf herumdrehte. Für solch einen Hänfling brauchte er keine Waffe.

Am späten Abend saß Greg an seinem Schreibtisch. Draußen hatte es sich eingeregnet. Es sah so aus, als ob es die nächsten Tage nicht aufhören wollte. Doch das Wetter interessierte den Privatdetektiv im Moment wenig. Greg war keinen Schritt weitergekommen in der Angelegenheit de la Crug. Schon vor einer Woche hatte er die Leiche von Tamalia begutachtet. Er war sich sicher, dass Irina sich bald bei ihm melden würde. Doch das Telefon blieb diesbezüglich stumm.

Sie hatte die Stadt nicht verlassen, davon war Greg überzeugt. Eine weitere Frauenleiche hätte ihm Redlinger sofort gemeldet. Warum rief Irina dann nicht an? Nervös und ohne erkennbaren Sinn spielte er mit einem seiner Holzbleistifte auf der Tastatur herum. Ein Duft schoss in seine Nase. Erst jetzt bemerkte er, dass dieser Bleistift gar nicht auf den Schreibtisch gehörte, sondern in sein Schlafzimmer. Er hielt inne und roch an ihm. Er duftete nach ihrem Haar. Sie hatte die Stifte noch bevor sie gegangen war aus den Haaren gezogen und sie ihm auf den Tisch gelegt. Ein Zeichen? Wollte sie ihm damit etwas sagen? Oder war es einfach nur Zufall, weil sie nicht wissen konnte, dass sie nicht auf seinen Schreibtisch gehörten?

Das Klingeln seines Mobiltelefons riss ihn aus den schönen Gedanken an Irina. Stephanie war schon gegangen, deswegen war es nicht verwunderlich, dass sein Handy klingelte und nicht das Büro-Telefon. Noch bevor er das Gespräch annahm, hoffte er, gleich die Stimme von Irina zu hören. Dementsprechend war er ein wenig aufgeregt, beinahe hätte er seine Professionalität verloren.

»Blunck, hallo.« Sein Gesprächspartner antwortete nicht sofort. »Greg, ich würde sagen, du bewegst dich hierher.

Ich stehe am nördlichen Ende des Brookside Parks, im Regen«, murrte Redlinger in das Telefon. Jeder der ihn etwas kannte, wusste, es gibt kein richtig schönes Wetter für den Leutnant. Er hatte an jedem Tag etwas auszusetzen. »Ich bin mir sicher, dass dich interessieren wird, warum ich hier bin. Im Regen und nicht zu Hause mit einer Flasche Bier, Füße auf dem Couchtisch und auf den Fernseher starre, nur um zu merken, dass nichts Interessantes in der Klotze läuft um diese Uhrzeit.«

»Meinst du das ernst, ich soll zu dir kommen? Es regnet draußen.« Greg mochte es, seinen Freund auf den Arm zu nehmen und so kam er besser über die aufflammende Enttäuschung hinweg, dass nicht Irina ihn angerufen hatte.

»Greg, ich mache es kurz für dich. Ich gehe bei diesem Wetter nicht im Park spazieren, um mir die neu entdeckte Blume anzuschauen, die nur im Dunkel bei Regen rauskommt. Junge, ich stehe hier vor einer Leiche.«

Mehr brauchte Greg nicht. Er legte auf und holte seinen Mantel. Bevor er die Wohnung verließ, atmete er nochmals tief ein und aus. Er zitterte am ganzen Körper. Greg zwang sich dazu, sich zu beruhigen und rief sich ins Gedächtnis, dass sein Freund nur von einer Leiche gesprochen hatte, nicht von einer weiteren Frauenleiche. Es konnte nicht Irina sein, nein, es durfte nicht Irina sein.

Greg traf in Rekordzeit an der Stelle ein, die Redlinger ihm beschrieben hatte. Es war verdammt dunkel und der Regen machte die Sicht nicht besser. Von dem großen Stadion drang etwas Licht herüber, den Rest erhellten die Scheinwerfer der Mordkommission.

»Was hast du? Wo ist die Leiche?« Greg kam gleich zur Sache, er wollte Gewissheit haben. Der tropfnasse Leutnant, der versuchte sich eine durchnässte Zigarette anzuzünden, zeigte auf das Absperrband, in dessen Mitte eine dunkle Gestalt mit dem Gesicht nach unten lag.

»Der Fund wird dir gefallen, ansonsten hätte ich dich wohl nicht so schnell angerufen.« Er ließ es mit der Zigarette sein und ging zu dem Band, hob es für Greg an, damit er leichter unten durchpasste und folgte ihm. Greg ging langsam, fast als würde er auf dünnem Eis gehen, zu dem Fund. Sein Herz pochte immer schneller. Der Wunsch, dass es nicht Irina war, wuchs in ihm. Die Leiche hatte eine Kapuze auf, so dass Greg nicht bestimmen konnte, ob es eine männliche oder eine weibliche Leiche war. Nicht mal die Hautfarbe konnte er bei diesen Bedingungen sicher bestimmen. Die Hände waren von Matsch überzogen.

Redlinger stellte sich vor die Leiche, um sie besser zu präsentieren.

»Hier haben wir Papu. Kennst du Papu? Natürlich kennst du Papu. Wer kennt nicht Papu! Also, zumindest Leute mit unseren Jobs sollten Papu kennen.« Er hätte noch eine Weile so weitergemacht, wenn Greg ihn nicht mit einer Handbewegung unterbrochen hätte.

»Ich glaube ich weiß, was du mir sagen möchtest. Papu liegt hier vor mir und ja, ich kenne Papu.« So gleichgültig, wie es ihm möglich war, versuchte er zu wirken. Die Anspannung fiel von ihm ab, er war nur froh, dass es nicht Irina war, die hier im Schmutz wie ein nasser Müllsack abgelegt worden war. Denn er sah sofort, dass dieser Fleck hier nicht der Tatort sein konnte. So wie Papu dalag, total verdreht, fällt niemand zu Boden, dem der Lebenshauch gerade entzogen wurde. Leicht waren noch die Schleifspuren im Matsch zu sehen. Entweder hatte der Mörder nicht sehr gut darauf geachtet, seine Spuren zu verwischen, oder aber er war eiskalt und fühlte sich sicher genug, so dass es ihm egal war.

»Ja, du hast recht«, grummelte Redlinger, als Greg wortlos auf die Schleifspuren deutete. »Der gute Papu wurde zuletzt im Diner *Feel good*, Mann, was die sich alles für Namen ausdenken, gesehen. Also wenn du das *Feel good* kennen würdest, verstündest du diesen Witz besser. Das ist ein heruntergekommenes Häuschen, in das sich nur wenige ehrliche Leute verlaufen. Dennoch ist der Schuppen dauerhaft gut besucht. Du weißt, was ich damit sagen möchte. Dazu kommt noch, dass solche Leute nicht gerne über andere reden. Sie bekommen zwar alles mit, aber bloß nicht der Polizei oder ähnlichen Vereinen helfen, ihren Job zu machen!«

Der Kommissar redete wieder wie ein Wasserfall über für den Fall unwichtiges Zeug. Bevor er sich ganz darin verlor, stoppte Greg ihn. Er fiel ihm einfach ins Wort.

»Aber du hast es geschafft, du hast jemanden gefunden, der mit dir geredet hat?«

»Hmpf ... Ja, hat mich ein bisschen was gekostet. Papu war da. Er hat da noch geatmet und ist auf zwei Beinen mit jemandem durch die Hintertür verschwunden. Diese Tür führt in den Keller und dann nach draußen in eine Seitengasse. Ein Leichtes, dort jemanden zu beseitigen und dann unbemerkt wegzubringen.« Redlinger fand es gar nicht gut, unterbrochen zu werden.

»Genickbruch im Übrigen«, triumphierte der Leutnant noch mit seinem Wissen.

»Papu steht auf der Gehaltsliste von de la Crug. Meinst du nicht, wir sollten ihm einen Besuch abstatten?« Greg sah eine Gelegenheit und die wollte er sich nicht entgehen lassen.

»Weswegen? Nur weil de la Crug Papu kennt und der jetzt tot ist, sehe ich keinen Grund, ihn legal zu behelligen. Nur auf Verdacht hin, das geht nicht gut. Das gibt nur wieder Ärger, das hatten wir doch schon. Nein, ich hatte das schon öfters.« Wieder versuchte Redlinger, sich eine Zigarette in dem Regen anzuzünden, was zu seiner Befriedigung diesmal besser klappte.

Greg wusste, was er meinte. Oft genug konnte der Privatdetektiv seinen Freund zu einer Verfahrensweise überreden, die nicht immer nach Vorschrift war.

»Diesmal nicht. Papu war schließlich ein Mitarbeiter von de la Crug. Die Nachricht von seinem Tod können wir ihm doch überbringen. Du stellst deine Routinefragen und ich schaue mich etwas um. Würdest du nicht erfahren wollen, wenn ein Mitarbeiter von dir getötet worden wäre?«

»Wenn ein Kollege von mir getötet wird, steht das in der Zeitung, da brauche ich keinen Überbringer«, muffelte Redlinger zurück.

»Ja, da hast du recht. Was ist nun?« Greg bohrte weiter.

»Ok, morgen früh können wir bei ihm vorfahren. Bis dahin bin ich wohl wieder trocken.« Redlinger drehte sich um und stapfte zum Tatort zurück.

Wie am Vorabend verabredet fuhren Redlinger und Blunck zum Anwesen von Antonio de la Crug nach Bel Air. Redlinger hatte vorgeschlagen seinen Wagen zu benutzen, das sah offizieller aus, meinte er. Greg war es recht, Hauptsache er kam in das Haus des Drogenbarons und vielleicht erfuhr er so auch etwas mehr über Irina.

»Redlinger, Mordkommission. Wir würden gerne mit dem Hausherren sprechen.« Ohne Probleme ließ der Wachmann den Mercedes des Leutnants gewähren. Wahrscheinlich nicht ohne sofort Meldung im Haus zu geben.

Die beiden wurden von dem Butler am Haupteingang erwartet. Durch die große Türe führte er sie in ein geräumiges Zimmer, das kaum möbliert war. Ein paar überdimensionale Bilder hingen an der Wand, wahrscheinlich war eines der Bilder mehr wert als das Jahresgehalt des Leutnants. Eine kleine Sitzgarnitur mit einem noch kleineren Tisch rundete das Bild ab. Mehr war nicht zu finden in dem Raum. Hier ließ de la Crug wohl Gäste warten, die es sich nicht allzu gemütlich machen sollten.

Eine der beiden Türen ging auf und Antonio de la Crug, mit einem hellblauen Morgenmantel bekleidet, seine dunklen Haare diesmal zu einem Scheitel gestylt, betrat mit einem breiten Grinsen den Raum.

»Na wenn das nicht meine beiden Freunde sind. Leutnant Redlinger«, er streckte ihm die Hand entgegen, was der Kommissar erwiderte, »und natürlich der Super-Privatdetektiv Blunck«, auch ihm reichte Antonio die Hand. »Was verschafft mir heute die Ehre? Wir haben uns lange nicht mehr gesehen.«

Redlinger war es schleierhaft, wie man in den frühen Stunden so gut gelaunt sein konnte. Ihm war nach einer Zigarette, aber er dachte sich gleich, dass man hier nicht rauchen durfte. Schon aus Rücksicht hatte er sich im Auto keine angezündet, und nun dieses Honigkuchen-Pferdchen vor seiner Nase. Das war zu viel für den leicht muffigen Redlinger. *Fehlt nur noch, dass er uns Tee anbietet, dann ist der Tag gelaufen,* dachte er sich, wo schon der

Kaffee am Morgen ausgefallen war, weil der gute Greg viel zu früh in seinem Büro aufgetaucht war und gedrängelt hatte.

»Ihr Mitarbeiter Papu wurde gestern tot aufgefunden.« Es war Greg, der das Wort ergriff. Er konnte de la Crugs Reaktion nicht abwarten. Nur da war kaum eine. Er stand immer noch lächelnd vor ihnen, bestückt mit einem leicht fragenden Gesicht.

»Papu wer? Kenne ich diesen Mann – oder eher, kannte ich ihn?« Er lachte laut auf über seinen Wortwitz.

»Nun, Mr de la Crug.« »Antonio bitte, wie oft muss ich das denn noch sagen?« »Mr de la Crug«, fuhr Redlinger unbeirrt fort, »Papu hat des Öfteren für Sie gearbeitet. Wir gehen davon aus, dass Sie die Leute kennen, die Sie bezahlen.«

»Mein lieber Freund, für mich arbeiten so viele und nicht alle immer fest. Aber ich denke, mein Leibwächter kann Ihnen weiterhelfen, der weiß da besser Bescheid als ich.« Antonio rief nach Damion, der sogleich in der Tür erschien.

Damion sah aus wie immer. Schwarzer Anzug, weißes Hemd und schwarze Krawatte. Seine Augen leblos und doch wachsam. Er stand erstaunlich aufrecht. Greg war gleich klar, dieser Mann verstand etwas von seinem Geschäft.

Greg kniff die Augen etwas zusammen und fixierte Damion. Er war sich nicht hundertprozentig sicher, aber er könnte der Mann aus dem Park gewesen sein.

»Sie haben gerufen, Boss.«

»Ja, Damion, diese Herrschaften wollen wissen, ob ich einen Papu kenne, anscheinend arbeitet er für mich.« Greg verzweifelte, in dem Gesicht des Leibwächters war keine Regung zu sehen. Da veränderte sich bei dem Namen Papu so gar nichts, nicht mal seine Körperhaltung wackelte.

»Er hat für Sie gearbeitet, Boss.« Anscheinend war Damion kein Mann vieler Worte.

»Sie geben also zu, dass er für Sie gearbeitet hat. Warum jetzt nicht mehr? Weil er tot ist? Weil Sie ihn umgebracht haben?« Wieder kein Zucken.

»Mr Redlinger, ich darf doch bitten. Was sind das denn für Anschuldigungen? Überlegen Sie sich genau, was hier ausgesprochen wird. Wir möchten doch alle nicht, dass Sie wieder Streife fahren?« Mit Engelszungen reagierte Antonio auf die Aussage von Greg. Ja, er drohte dem Kommissar und diese Drohung war handfest. De la Crugs Verbindungen reichten bis ganz nach oben und man munkelte, dass sogar der eine oder andere Staatsanwalt auf seiner Gehaltsliste stand. Der eine oder andere Politiker auf jeden Fall.

Das war einer der vielen Gründe, warum de la Crug noch immer nicht behelligt werden konnte und so manch einer an diesem Mann gescheitert war.

»Mr de la Crug, entschuldigen Sie«, gab Redlinger klein bei und fügte zur Beschwichtigung aller hinzu: »Mr Blunck hat nur eine These aufgestellt und sie wohl etwas übertrieben ausgesprochen.«

»Na Sie sind mir vielleicht einer«, er klopfte dem Leutnant auf die Schulter. Antonio hatte sein breites Lächeln wiedergefunden. »Na gut, Damion, sag den Herren, warum er nicht mehr für mich arbeitet.«

»Er war Türsteher für Ihr *Deep Inside*. Er hat vor ein paar Monaten die Einnahmen gestohlen, da habe ich ihn entlassen.«

Antonio klatschte in die Hände. »Da haben wir es. Solche Leute gibt es leider immer wieder und ich gehe davon aus, dass er noch geatmet hat, als du ihn entlassen musstest.«

»Natürlich Boss.«

Greg wollte noch mal nachhaken. Ihm konnte man nicht so schnell mit Konsequenzen drohen wie seinem Freund neben ihm.

»Tragen Sie eine Waffe, Damion?« Greg schaffte es einfach nicht, den Leibwächter aus der Reserve zu locken.

»Ja«, antwortete er wie selbstverständlich.

»Darf ich mal sehen?«

Damion öffnete seine Jacke und holte seine Waffe aus dem Halfter. Eine schicke Browning hielt Greg in seinen Händen.

»Waren Sie in letzter Zeit im Brookside Park, früh morgens, so zum Joggen mit Freunden?«

»Nein.«

Damion nahm seine Waffe wieder und steckte sie weg

»Meine Herren, ich denke das waren genug Anschuldigungen für einen so frühen Morgen. Meine Gastfreundschaft endet hier.« Er drängte seine Gäste zum Gehen. Doch Greg hatte noch eine Frage.

»Sagen Sie, kennen Sie Tamalia und Irina?« Ins Schwarze getroffen. Da war etwas in de la Crugs Augen, was ihn mehr verriet, als alles, was er gleich antworten würde.

»Also wenn Sie die beiden bezaubernden Damen meinen, die mich ab und zu besuchen und mit mir kleine Partys ausrichten, ja, dann kenne ich sie. Mich wundert, dass Sie sie auch kennen, mein Lieber. Das hätte ich Ihnen gar nicht zugetraut. Grüßen Sie die zwei von mir, ich werde mich bestimmt bald bei ihnen melden.«

Kaum war die Tür hinter Greg und Redlinger ins Schloss gefallen, winkte Antonio Damion zu sich heran.

»Die haben nichts in der Hand, sie spekulieren nur. Du musst schnellstmöglich Irina finden. Wenn das vorbei ist, kann hier wieder Ruhe einkehren.«

Charles kam zur Tür und reichte seinem Boss das Telefon. De la Crug wechselte mit der anderen Seite ein paar Worte, deutete Damion zu bleiben. Als das Gespräch beendet war, war da wieder das siegessichere Lächeln.

»Sie haben Irina gefunden, in einem Motel im Osten der Stadt. Los, mach dich auf, ich will sie hier haben. Ein paar von meinen Leuten bleiben solange vor Ort, um sie zu beobachten. Nicht dass der Dame etwas zustößt, bevor ich sie in meinen Händen habe.«

»Jawohl, Boss.« Damion eilte nach draußen zu seinem Wagen.

»Ach, noch was Damion.« Der Leibwächter drehte sich folgsam um. »Pass auf, die Schlange hat es in sich. Sie wird versuchen dich zu betören und zu umgarnen.«

»Keine Angst, Boss.« Damit verschwand Damion aus der Villa und startete seinen Wagen.

Antonio musste über seine Warnung selber lachen. Er konnte sich nicht vorstellen, dass Damion auch nur annähernd den Reizen einer Frau oder eines Mannes verfallen würde. Er steht da wie ein Eisblock und funktioniert wie eine Maschine. Antonio war froh, so einen Leibwächter gefunden zu haben. Auf Damion war in jeder Lebenslage Verlass. Nun war es Zeit für ein Frühstück und dann für die Geschäfte.

Es herrschte Schweigen zwischen den Freunden, seit sie die Villa verlassen hatten. Greg wusste, dass Redlinger sauer auf ihn war. Der Besuch hatte nicht das Erhoffte gebracht. Im Grunde genommen waren sie nicht ein Stück weitergekommen. Greg hatte sich ziemlich weit aus dem Fenster gelehnt und das würde seinem Freund bestimmt Ärger einbringen. Nicht mal das Glitzern in den Augen von de la Crug wusste Greg richtig zu deuten. War es nun Zorn, weil die beiden Frauen ihn mächtig geärgert hatten, oder Leidenschaft, weil der Besitzer diverser Clubs sich nur allzu gerne in ihrer Gesellschaft aufgehalten hatte, um sich bedienen zu lassen? Egal was Greg auch machte oder versuchte, alle Wege führten ins Nichts. Es schien, als ob auch diesmal der mächtige de la Crug ungeschoren davonkommen würde. Da klingelte Gregs Handy.

»Blunck, hallo.«

»Greg, du musst … ich fühle … ich werde verfolgt. Schon eine ganze Zeit. Sie stehen gleich vor meiner Tür. Greg, hilf mir bitte.« Es war Irina, die da bitterlich um Hilfe rief. Der russische Akzent ließ Gregs Herz einen Satz machen. Unbewusst biss er sich auf die Unterlippe.

»Wo bist du?«, wollte er schnellstens wissen.

»Ich bin im *Economy Inn Hollywood* auf dem Sunset Boulevard. Zimmer 34. Bitte, Greg, ich habe Angst.«

»Halte durch, wir sind gleich da. Das Motel ist ganz in der Nähe. Schließ die Tür ab und halte dich fern von den Fenstern.«

Greg legte auf und blickte seinen Freund an. »Was ist nun schon wieder?«, knurrte Redlinger ihn an.

»Das war Irina, die Partnerin von Tamalia. Sie wird in ihrem Motel bedroht, wir müssen schnell dorthin.«

»Was machen die Leute nur immer so früh auf den Beinen, will denn keiner mehr in Ruhe einen Kaffee trinken und eine Zigarette rauchen?« Der Leutnant holte sein

Blaulicht aus dem Seitenfach der Wagentüre und düste Richtung Sunset Boulevard. Nicht nur um Greg einen Gefallen zu tun, auch er hatte ein paar Fragen an diese Dame. Sollte er nicht eingreifen, würde er womöglich bald eine weitere Leiche auf dem Tisch haben und die dazugehörige Arbeit. Er drückte das Gaspedal voll durch.

Mit quietschenden Reifen hielt der Mercedes vor dem Motel. Greg wartete nicht darauf, dass der Wagen zum Stehen kam, er stieß die Beifahrertür auf und sprang in die Lobby. Den verdutzten Pagen ignorierte er, während er sich kurz orientierte, bis er sich sicher war, wo Zimmer Nummer 34 war.

Greg nahm zwei, drei Stufen auf einmal, um schneller die Treppe zu überwinden.

An der Tür stand ein Mann in einem dunklen Jackett und machte sich daran zu schaffen.

Keine Sekunde zu früh, dachte sich Greg, *allzu lange würde das Schloss nicht standhalten können.*

Der Kerl überhörte die schnellen Schritte von Greg nicht. Er wirbelte herum und Greg schaute in den Lauf einer Glock. Nun erkannte er den Mann wieder. Es war der Lockenkopf aus dem Park.

»Oma war wohl nicht zufrieden mit der Absage ihrer Enkelin«, stellte Greg fest und griff sogleich nach seiner Waffe. Nicht schnell genug, der Lockenkopf schoss als Erster und hätte Greg in den Kopf getroffen, wenn dieser sich nicht zur Seite fallen und so die Kugel in die Wand fliegen hätte lassen. Im Fallen gab Greg nun selber einen Schuss ab, der nicht so genau gezielt war. Er traf den Lockenkopf nur an der linken Schulter und ließ ihn gegen die Wand prallen. Das schien ihn nicht weiter zu kümmern, er riss erneut seinen Arm mit der Glock hoch und war bereit zum Schießen.

Gregs Situation hatte sich inzwischen verschlechtert. Auf dem engen Flur gab es kaum Ausweichmöglichkeiten und seine Waffe war ihm beim Aufprall auf dem Boden aus der Hand gefallen. Instinktiv streckte er seinen Arm danach aus, mit der Gewissheit, diesmal nicht schnell genug sein zu können.

Gerade als er seine Waffe erreicht hatte, gab es einen Knall und der Lockenkopf fiel endgültig zu Boden. Ohne viel Zeit zu verlieren, erlosch sein Leben.

Greg richtete sich auf und blickte hinter sich. Dort lehnte ein total außer Atem gekommener Leutnant mit seiner Dienstwaffe in der Hand.

»Danke«, sagte Greg knapp.

»Alles nur, weil ich nicht so fit bin wie manch anderer. Diese Geschichte werde ich verwenden, wenn sie mich mal wieder zum Fitnesscheck zwingen wollen«, murmelte Redlinger, als er wieder zu Atem kam.

Greg ging zur Tür, beachtete den Leichnam nicht weiter, seine Waffe steckte er nicht gleich wieder weg. Er wusste nicht, was ihn hinter der Tür noch erwarten würde.

»Irina, ich bin es, Greg, mach die Tür auf.« Greg klopfte zart an das Holz der Tür. Entweder war es das Adrenalin von dem Kampf eben oder aber die Nervosität, Irina gleich wieder in die Augen sehen zu können. Seine Hände waren feucht.

Hinter der Tür bewegte sich nichts. Wieder klopfte Greg, diesmal etwas lauter. »Irina, mach auf, du bist in Sicherheit.«

Ein Schatten bewegte sich langsam zur Tür. Das konnte Greg durch den unteren Türspalt sehen. Seine Muskeln spannten sich. Den Griff der Waffe hatte er trotz der schwitzigen Hände fest am Anschlag, bereit zu schießen.

Der Schlüssel drehte sich im Schloss herum. Greg verlagerte sein Gewicht auf sein hinteres Bein, um eventuell kommenden Fausthieben eine kurze Zeit standhalten zu können.

Die Tür öffnete sich einen Spalt. Zwei strahlend blaue Augen voller Furcht blickten ihn an. Diese schönen Augen, die er unbedingt wiedersehen wollte.

»Greg, Gott sei Dank.« Da war er wieder, dieser betörende russische Akzent. Irina riss die Tür auf und sprang förmlich in Gregs Arme.

Die Arme, sie zittert am ganzen Körper. Greg legte seine Arme um ihren Oberkörper und hielt sie fest. Er sog ihren Duft tief ein. *Wie kann man so einer Person sowas Widerliches antun wollen*, dachte er weiter.

»Ah, ist der tot?« Irina schrie laut auf und zeigte auf den Lockenkopf. Greg nickte zustimmend. »Wollte er mich umbringen?«, stellte sie flüsternd die Frage, deren Antwort sie schon kannte.

»Ja, das wollte er. Nur warum wollte er das, stellt sich nun die Frage.« Redlinger hatte sich zu dem Leichnam vorgekämpft und schaute sich das Gesicht genauer an. »Hm, kenne ich nicht, muss ein Neuer gewesen sein, hat sich wohl nicht bewährt, der Gute. Vielleicht kennt unsere Datenbank ihn ja. Also, Miss Irina. Warum war der Kerl hinter Ihnen her?« Der Leutnant hatte nicht vor, Irina mit Samthandschuhen anzufassen, was Greg nicht richtig gefiel.

»Wer ist das?«, fragte Irina Greg

»Das ist mein Freund. Leutnant Redlinger, Mordkommission.«

»Polizei?« Das schien Irina so gar nicht zu gefallen. Sie löste sich aus den Armen von Greg, um einen Schritt zurückzutreten.

»Na was dachten Sie denn? Sie können durch Los Angeles streifen, hier und da ein paar Leichen hinterlassen, und dann wieder verschwinden? So geht das vielleicht in Ihrem Staat, Miss Irina, aber doch nicht hier im Westen. Hier herrscht Ordnung. Hier mag man sowas gar nicht. Das macht nur Arbeit, wissen Sie. Hier gibt es Leute, die müssen sich dann um die Aufklärung kümmern und werden nicht mal angemessen dafür bezahlt, geschweige denn, dass sie ausreichend Urlaub zugesprochen bekommen.«

Wieder einmal hatte sich Redlinger in Rage geredet. Dieses Mal wurde er von den herankommenden Polizeisirenen unterbrochen. Schüsse blieben in Los Angeles nicht lange ein Geheimnis.

»Ein Vorschlag, ich gehe mit Irina erst mal auf ihr Zimmer, um sie zur Ruhe zu bringen, und du kümmerst dich um deine Kollegen. Danach können wir gemeinsam zu mir ins Büro fahren. Das ist ein neutraler Ort. Ich denke, mit Einschüchterung bekommen wir kaum ein wahres Wort aus ihr raus.«

Der Leutnant musste eingestehen, dass es am sinnvollsten war, was Greg vorgeschlagen hatte. Als die Polizisten eintrafen, richtete sich Redlinger zu voller Größe auf und zeigte seine Marke. Er wies die überraschten Leute an, die Spurensicherung zu bestellen. Greg hingegen zog Irina in das Motel-Zimmer, um sie zu beruhigen.

»Du hast mir wieder das Leben gerettet, Greg«, säuselte Irina, als sie sich aufs Bett plumpsen ließ. Dabei rutschte ein Träger ihres geblümten Sommerkleids herunter, das auch so nicht viel von ihrem Körper verdeckte und kaum noch Spielraum für die männliche Fantasie zuließ.

Ja, genau das habe ich. Ich habe mal wieder dein Leben gerettet. Wird Zeit, danke zu sagen. So ein Dankeschön wie bei mir unter der Dusche. Greg beobachtete jede zierliche Bewegung von Irina. Sie schaute nicht aus, als ob sie seit einer Woche auf der Flucht war. Ihre Nägel waren gepflegt und professionell manikürt. Ihre wasserstoffblonden Haare glänzten im morgendlichen Sonnenlicht. Sie sah ausgeschlafen aus. Wie aus dem Urlaub kommend. Wo war sie die letzte Woche über gewesen und warum war sie wieder hier?

Greg fand sie bezaubernd, wie sie sich durch das Haar strich und ihren Hals präsentierte. *Jetzt wäre ein sehr guter Zeitpunkt, danke zu sagen. Wir beide sind alleine und keiner würde hereinplatzen.*

»Greg, wir sollten gehen. Mir brennen da ein paar Fragen unter den Nägeln, die ich der Lady gerne stellen würde.« Der Privatdetektiv zuckte zusammen, als er die Bassstimme seines Freundes durch die Tür wahrnahm. Er hatte recht. Sie sollten diesen Ort verlassen. Er besann sich wieder auf das Wesentliche und danke konnte Irina immer noch sagen.

»Ich will nicht mit der Polizei gehen, Greg. Können wir beide uns nicht alleine darüber unterhalten?« Irina kam näher. Ihr Parfüm war dezent und musste teuer gewesen sein. Der Geruch beanspruchte alle von Gregs Sinnen. Er schätzte, dass sie 12mm-Absätze trug, sie war nicht mehr so klein wie unter der Dusche. Ihre Beine schienen gar nicht mehr aufhören zu wollen. Er hatte durchaus Mühe, bei der Sache zu bleiben und wollte es auch nicht wirklich.

Er musste sich eingestehen, dass er Irina begehrte, mit jeder Faser in ihm. Das würde er ihr gerne zeigen, jetzt hier, ob auf dem Bett oder am Fenster blieb ihm gleich. Irina verstand es, den Wimpernschlag einzusetzen. Greg berührte ihren nackten Arm. Packte ihn und zog sie an sich. Ein leidenschaftlicher Kuss folgte.

»Hallo, was ist denn nun?« Redlinger ließ nicht locker.

Greg hörte mit dem Kuss auf, stand schweren Atems vor ihr. Er versank in ihren blauen Augen. Er musste diesen Kampf gewinnen.

»Irina, der Leutnant hat recht, wir sollten weg von hier. Er wird uns in mein Büro fahren. Aber ohne ihn werde ich dir wohl nicht wirklich helfen können.«

Irina blieb noch eine Weile vor ihm stehen, bevor sie sich umdrehte.

»Ok, ich packe meine Sachen.«

Sie holte eine große Reisetasche hervor und verstaute dort eine Menge Kleidung und Badeutensilien.

»Woher hast du das alles«, wollte Greg wissen, als er meinte sich wieder in den Griff bekommen zu haben, obwohl sein Blick immer wieder auf den kleinen zarten Hintern der Russin fiel.

»Im Laufe der Jahre habe ich Freunde gefunden. Freunde mit viel Geld, Greg. Nicht jeder möchte mich umbringen.« Ein Anflug von Eifersucht strömte durch Greg hindurch.

Vor dem Motel schob Greg, gefolgt von Redlinger, Irina in den Mercedes. Wie von einer fremden Macht gesteuert schaute Irina nach rechts Richtung Hobert Boulevard. Dort stand ein schwarzer SUV mit rundherum abgedunkelten Scheiben. Irina wusste, sie wurde beobachtet. Doch außer

ihr schien niemand den Wagen zu bemerken oder empfand es nicht als ungewöhnlich, solch einen Wagen auf
den Straßen Hollywoods stehen zu sehen. Ein kalter
Schauer lief ihr über den Rücken. Kein Schauer der Angst,
eher einer der Freude und Erregung.

In Gregs Büro empfing sie eine aufgebrachte Stephanie,
denn natürlich hatte sie von der Schießerei erfahren. Voller Erleichterung, dass Greg nichts passiert war, schwang
sie ihre Arme um seinen Hals. Erst dann erblickte sie die
anderen Gäste und ihre Stimmung schlug auf der Stelle
um. Sie strich sich durch das kurze braune Haar, um Zeit
zu gewinnen

»Mr Redlinger, Sie sind auch hier, und natürlich das Opfer.« Den Sarkasmus konnte sie nicht überspielen. Sie zog
Greg zur Seite. »Sag mal, wirst du sie denn nie los, wo
kommt sie auf einmal her? Kaum ist sie da, schon gibt es
Ärger. Merkst du nicht, dass sie nicht gut für dich ist?«

Greg versuchte seine Assistentin zu beruhigen, was sich
als schwieriger erwies, als heute den Lockenkopf zu über-
wältigen – und da hatte er Hilfe gehabt.

»Stephanie, ich weiß, dass du sie nicht magst, das muss
aber nun zweitrangig sein. Ich bin mir sicher, sie hat de la
Crug geärgert. Bitte, kannst du uns Kaffee machen und
dich fernhalten? Ich möchte nun die Wahrheit erfahren
und dafür brauche ich Vertrautheit.«

Kastanienfarbige Augen blitzten ihn an. Irgendwas war
falsch an dem, was er gesagt hatte. Es lohnte sich nicht
darüber nachzudenken, Stephanie würde es ihm gleich sagen.

»Vertrautheit, ja? Wie vertraut seid ihr denn schon gewesen oder wollt es noch werden?« Oh, Greg hatte vergessen, dass Frauen in solchen Punkten immer genau zuhören.

»Schatz, nichts ist passiert und das wird es auch nicht. Ich habe ihr zwei Mal das Leben gerettet, das sollte reichen, um mir zu vertrauen. Und Redlinger ist ja auch dabei.«

Ihr feuriges Funkeln wurde nicht weniger, dennoch sagte sie: »Gut, ich koche Kaffee«, und drehte sich um.

Irina ließ sich auf das Sofa nieder. Zog ihre Füße hoch und kauerte sich in die Ecke des Zweisitzers. Greg nahm neben ihr Platz. *Wie verwundbar sie ausschaut, wie kann man solch einem Geschöpf nur so einen Ärger machen, egal was sie angestellt haben mag*. Der Detektiv war froh über die Anwesenheit des Leutnants. Sonst hätte er sich und seine Professionalität vergessen. Er wollte Irina in den Arm nehmen und sie so lange festhalten, bis alles wieder gut war. Greg bildete sich ein, Irina würde genau das von ihm erflehen, so wie sie ihn anschaute.

Der Leutnant nahm auf dem Bürostuhl Platz, den er umständlich zu den beiden hinschob. Als auch er endlich eine bequeme Sitzposition gefunden hatte, kam auch schon Stephanie herein, mit duftendem Kaffee.

»Endlich jemand, der mich versteht. Danke Stephanie, Sie sind meine Rettung an diesem Morgen.«

»Leutnant, wie Sie mir wieder schmeicheln. Sie sind immer wieder gern gesehen in diesen Räumen.« Stephanie versuchte zu flirten. Absichtlich, um Greg eifersüchtig zu machen. Dieses Vorhaben ging komplett an ihm vorbei. Er nahm seinen Becher Kaffee, ohne Irina auch nur eine Sekunde aus den Augen zu lassen.

»Wie wäre es, wenn wir mit ihrem richtigen Namen anfangen, Miss«, fing Redlinger gleich an, sobald Stephanie das Zimmer verlassen hatte.

»Ist das wirklich so wichtig?«, fragte Irina eher an Greg gewandt, nicht ohne ihrem Unschuldsblick noch eins draufzusetzen.

»Ich würde sagen, dass es drauf ankommt, was du uns zu beichten hast«, versuchte Greg zu schlichten.
Dankend nahm Irina das Angebot an, unter dem leichten Gegrummel des Leutnants, der schnell einen großen Schluck nahm, bevor er sich wieder aufregte.

»Was wisst ihr schon?«, wollte Irina wissen. Greg brachte sie kurz auf ihren Wissensstand –dass sie Geschäfte mit Tamalia machte und dass die zwei Bekannte von de la Crug waren, der anscheinend nun Jagd auf sie machte. Die Mutmaßungen, die er und der Leutnant sonst noch hatten, ließ er dabei bewusst unter den Tisch fallen und Redlinger griff auch nicht ein. Er fand sich damit ab, stiller Beobachter zu sein. Er hoffte, so mehr Informationen aus ihr herauszubekommen.

»Ja, de la Crug ist, war, ein sehr guter Kunde von uns. Er hat immer erlesene Partys abgehalten für hohe Tiere des Senats oder für Männer, die welche werden wollten mit Hilfe von de la Crug. Er hat sehr viel Einfluss in den oberen Gesellschaftsschichten. Wie ihr bestimmt auch angenommen habt, ist sein Hauptgeschäft der Verkauf von Drogen und die Geldwäsche, die er über seine Läden unbehelligt betreiben kann.« Greg und Redlinger schmissen sich aussagekräftige Blicke zu. Sie waren auf der richtigen Spur.

Mit gesenktem Blick sprach Irina weiter. Es fiel ihr schwer, das sah Greg ihr an. Wie tapfer sie dennoch war, bewunderte er an ihr.

»Nun, Tamalia und ich wollten unser Geschäft ruhen lassen, wir fanden wir haben den Männern genug Glück und Freude gebracht, jetzt wären wir dran gewesen. Wir überredeten seinen Türsteher vom *Deep Inside*.«

»Papu!«, unterbrach Redlinger nun doch. Irina zuckte zusammen, schaute aber nicht hoch.

»Ja, Papu. Das wisst ihr also auch schon.«

»Wir haben uns das zusammengereimt, weil Papu tot aufgefunden worden ist. Genickbruch«, klärte sie Greg mit ruhiger Stimme auf.

Irina brauchte eine Weile, um die Informationen zu verarbeiten. Sie atmete schwerer als zuvor, ihre Wangen röteten sich. Den beiden Zuhörern entging so gut wie keine Reaktion. Greg wartete geduldig, ohne ihr helfen zu können. Redlinger hingegen rutschte nervös auf dem Stuhl hin und her. Er fand, dass es doch nicht so schwer sein könnte, zügig das Geschehene zu erzählen, ohne dramatische Pausen. Und am liebsten wollte er noch einen Kaffee. Wenn noch Kekse dabei wären, hätte er absolut nichts dagegen.

»Ja also, wir überredeten Papu uns zu verraten, wann und wo de la Crug die nächste Drogenlieferung erhalten würde. Wir versprachen ihm, ihn an dem Deal zu beteiligen. Er war sehr redselig. Erzählte uns von einem wahren Labyrinth unterhalb der Villa, das weit von Bel Air wegführte. Auf diesem Wege bewegte sein Boss, Antonio, die Drogen und das Geld, also alle illegalen Lieferungen. Erzählte er uns. Ein wahrer Hasenbau soll es sein, der auch als Fluchtweg diente. Nur würde uns das gar nichts bringen, weil wir die Drogen niemals nach draußen bekommen würden ohne aufzufallen.

Da schmiedeten wir einen Plan. Den wir bald umsetzen konnten. Antonio hatte wieder ein paar Gespräche mit hohen Herren, die er zum Dank wegen der bevorstehenden Zusammenarbeit mit ihm mit ein paar Mädchen überraschen wollte. Er selbst wollte natürlich nicht leer ausgehen. Also boten wir uns ihm an, was er nur zu bereitwillig annahm. Wir gaben ihm K.O.-Tropfen ins Glas und warteten, bis er eingeschlafen war. Dann kam Papu aus seinem Versteck hinter der Wand in de la Crugs Zimmer. Er kennt sich, nein, er kannte sich richtig gut aus in der Villa. Er gab uns ein großes Päckchen mit reinem Stoff, was wir ganz unbehelligt herausschmuggeln konnten.

Vorher haben wir uns noch verabredet, um halt zu teilen. Den Termin konnte ich nicht einhalten, weil ich mich verfolgt fühlte. Ich denke, den Rest kennt ihr. Tamalia haben sie erwischt, und Papu. Das ist alles so furchtbar. Das wollte ich nicht.«

Irina kullerten Tränen übers Gesicht. Sie schlug ihre Hände davor. Greg suchte noch nach Worten, ohne sich und sein Verlangen zu verraten, da war der Leutnant schneller. Schon reichte er ihr ein paar Taschentücher, die sie sofort entgegennahm.

»Wie kann man so naiv sein und einen großen „Geschäftsmann" bestehlen. Da muss man mit einer solchen Reaktion rechnen. Wieso halten sich die Menschen immer für schlauer als die andern. Ich verstehe das nicht. Nicht, dass ich wirklich was dagegen hätte, gäbe es nicht solche Leute, wäre ich arbeitslos. Aber jetzt ernsthaft – warum?«

Diesmal schaut Irina hoch. Ihre Augen waren mit Tränen gefüllt und rot angelaufen.

»Es war nur ein Päckchen. Er hat so viel davon. Wir dachten nicht mal, dass er es merken würde, wenn ein Päckchen fehlt.«

Redlinger rollte mit den Augen. »Ja, das meinte ich, naiv! Ich hole mir noch einen Kaffee, das hält ja keiner aus, Mann, Mann, Mann.« Er wuchtete seinen Körper aus dem Stuhl und marschierte in die Küche.

»Was der Leutnant sagen wollte, Irina, wenn de la Crug dieses kleine Vergehen, wie du es nennst, würde durchgehen lassen, würde er im Milieu nicht mehr ernst genommen werden. Das könnte das Ende seines Imperiums bedeuten. Deswegen muss er dem nachgehen, mit voller Härte, wie du siehst.«

Weiter liefen Tränen über das schöne Gesicht. Greg glaubte auch Angst in den Augen lesen zu können, was nur allzu verständlich wäre.

»Was mich auch noch interessieren würde«, Redlinger kam wieder zurück ins Büro mit einem Becher frischem Kaffee in der einen Hand und einem Brötchen mit Speck und Rührei in der anderen Hand. Seine Laune wurde sichtbar besser. »Wenn ihr das doch alles so gut durchdacht habt, wie ist de la Crug auf euch gekommen?« Herzhaft biss er in das Brötchen, was Greg so gar nicht gefiel. Es machte ihn nervös, all die Krümel auf den Boden fliegen zu sehen. Das Rührei blieb leider auch nicht lange da, wo es lag. Seinen Freund kümmerte das weniger. Er wartete auf eine Antwort.

»Das haben Tamalia und ich uns auch gefragt. Wir dachten, dass uns Papu eventuell verpfiffen hat, oder eben dass Antonio die Party mit uns heimlich aufgenommen hat. Das machen manche unserer Kunden, um diese besonderen Momente immer wieder zu erleben. Das haben wir nicht bedacht.«

»Tja, ich sage ja immer, jedes Verbrechen hat einen Fehler. So bekommen wir sie immer, was Greg?«

»Da muss ich dir zustimmen. Irina, wo ist der Stoff jetzt?«

»Warum willst du das wissen? Das ist meine Lebensversicherung. Ohne das Päckchen bin ich sofort tot.«

»Irina, sie werden dich jagen, egal wo du hingehst. Wir können es nur beenden, wenn wir ihn ein für alle Mal stoppen oder er sein Vorhaben durchzieht. Du hast die Wahl.«

»Du hast einen Plan?«, wollte Redlinger wissen.

»Ja, ich denke der könnte gehen, aber dafür brauche ich das Päckchen.«

Irina kauerte sich wieder auf dem Sofa zusammen. Der Kaffee in ihrem Becher war schon kalt geworden, ohne auch nur angerührt worden zu sein. Sie schluckte hörbar und ihre Augen wanderten hin und her, so als ob sie mit sich und ihrem Gewissen kämpfen würde, was nun zu tun sei.

»Ehrlich Greg, ich kenn dich jetzt schon ziemlich lange, möchte ich was von deinem Plan wissen?«

»Ich denke nicht, aber du solltest dich bereithalten, denn ich brauche dich, damit die Falle zuschnappen kann und wir ihn endlich nach all den Jahren dranbekommen.«

»Nun gut.« Redlinger klopfte sich auf die Oberschenkel und sprang vom Stuhl, was man ihm vor ein paar Minuten noch nicht zugetraut hätte. »Dann werde ich mal so tun, als ob es diese Zeugin nicht gäbe und ein wenig Papierkram erledigen. Vielleicht ruft mich heute noch ein Unbekannter an und gibt mir einen heißen Tipp. Dann sollte ich im Büro sein.«

Redlinger verabschiedete sich noch von Stephanie, dankte ihr für den leckeren Kaffee und verschwand durch die Tür.

Nun war Greg mit Irina alleine im Zimmer. Er hörte Stephanie mit dem Geschirr klappern und mit jemandem sprechen. Wahrscheinlich ein neuer Klient am Telefon. Das war im Moment uninteressant für Greg. Stephanie war beschäftigt und so konnte er ein paar Minuten mit Irina alleine sein. Zu gerne würde er sie in den Arm nehmen, sie streicheln und ihren Duft genießen. So sehr er auch dagegen anzukämpfen versuchte, diese Frau hatte ihn voll in ihren Bann gezogen. Ihre lockere und immer freundliche Art, sie hatte eine Ausstrahlung, die war unbeschreiblich. Solche starken Gefühle hatte er noch nie für jemanden entwickelt und sie machten ihm Angst. Was wenn diese Gefühle seine anderen Sinne schwächen würden. Wenn er etwas übersehen würde, nur weil er an dieser Frau zu hängen schien?

Er war mit Stephanie zusammen, weil sie nicht nur hübsch und klug war, sondern weil sie seine Einstellung diesbezüglich verstand und akzeptierte. Nähe und Vertrautheit ja, aber mit Abstand, um immer den Kopf für die Klienten frei zu haben.

Nun spielte er mit dem Gedanken, all das für Irina aufzugeben, um sich ihr voll hinzugeben und mit ihr sein Leben zu verbringen.

»Seid ihr durch mit euren Getränken, dann lohnt sich der Abwasch wenigstens.«

Stephanie unterbrach seine Gedankengänge abrupt und er war ein wenig froh darüber. Wie immer, auf Stephanie konnte man sich verlassen. Es ging jetzt nicht um ihn, sondern darum de la Crug dingfest zu machen – ein für alle Mal.

Greg lächelte Stephanie an, ohne dass sie wirklich wusste warum. »Danke, das ist lieb von dir.« Er gab ihr die zwei Becher.

»Irina, wo warst du eine Woche lang?«

»Ich sagte doch, ich wollte nach Texas«, schluchzte sie.

»Ja, das hast du gesagt, da meintest du aber auch noch, dass du nicht wüsstest, warum dich die Typen im Park verfolgt haben. Aber gut, ist auch nicht so wichtig, warum bist du wieder zurückgekommen, wo du doch damit rechnen musstest, dass de la Crug dich hier finden würde.«

»Ich war doch mit Papu verabredet und das Päckchen habe ich auch hier in der Stadt gelassen.« Sie sah Greg in die Augen, bevor sie weitersprach. Dieser Blick vernebelte Gregs Gedanken. Automatisch rutschte sie dabei näher an ihn heran. Nun waren ihre Gesichter nahe beieinander. Ihre Augen glänzten und sahen so hilflos aus, er musste ihr helfen, und das würde er auch tun. »Greg, ich habe wirklich gedacht, eine Woche würde reichen, damit de la Crug das alles vergisst und er keine Lust mehr hat, uns hinterherzujagen. Tamalia hat mir immer vorgeworfen, dass ich zu naiv sei für diese Welt und dass es mir irgendwann zum Verhängnis werden würde. Sie scheint recht zu behalten, die arme Tamalia.« Wieder schlug Irina die Hände vors Gesicht, damit man ihre Tränen nicht gleich sehen konnte.

Der Privatdetektiv sah sich einem seiner schwersten Fälle gegenüber. Einerseits hatte er einen schemenhaften Plan, wie er de la Crug endlich zur Strecke bringen könnte, andererseits war da diese Schönheit, die ihn jeglichen klaren Denkens beraubte.

Greg atmete tief durch, packte Irina an den Armen, damit sie ihn anschaute, und fragte:

»Wo ist der Stoff?«

»Du willst ihn mir also wirklich nehmen?« Ein hohes Maß an Enttäuschung war in ihrer Stimme zu vernehmen, die Greg sofort kränkte.

»Du verstehst nicht, wenn ich das Päckchen habe, könnte ich damit de la Crug aus dem Verkehr ziehen und du wärest frei. Du müsstest keine Angst mehr haben, verfolgt und getötet zu werden. Ich will dir helfen, wirklich.«

Hinter ihnen räusperte sich Stephanie, die alles mit angesehen hatte, und es gefiel ihr so gar nicht. Augenblicklich ließ er Irinas Arme los.

»In meinem Fitnessstudio, da kann man sich Spinde anmieten. Da habe ich das Päckchen verstaut«, folgte eine Erklärung mit zittriger Stimme, die nur Stephanie unberührt ließ.

»Ich muss wissen, wo das Fitnessstudio ist, und wo genau der Spind sich befindet.«

Nun bereitwilliger erklärte Irina ihm den Standort des Studios sowie die Zahlenkombination für den Spind.

»Ich werde dort hinfahren und das Päckchen holen«, erklärte danach Greg den Damen.

»Du meinst wir, wir werden dort hinfahren. Du kannst mich nicht ungeschützt hierlassen.« Obwohl er den Gedanken mit Irina alleine zu sein sehr verführerisch fand, empfand er seine erste Idee für effektiver.

»Ich lasse dich nicht ungeschützt hier. Meine Assistentin wird hierbleiben und darauf aufpassen, dass dir nichts passiert.« Zur Demonstration holte Stephanie ihre kleine Waffe heraus und lud sie durch.

Irina nickte zum Einverständnis, auch weil sie merkte, dass Widerspruch zwecklos sein würde. Sie kauerte sich lieber wieder in die Ecke des Sofas und ließ den Blick aus dem Fenster schweifen.

»Du schaffst das, Stephanie, ich weiß das. Ich vertraue dir.« Er gab ihr einen Kuss auf die Wange und verschwand wie kurz zuvor Redlinger durch die Tür. Zurück blieb eine zerstörte Russin und eine Assistentin, die voller Glücksgefühle war. So etwas Schönes hatte er ihr schon lange nicht mehr gesagt.

Der Privatdetektiv fand schnell das angesagte Fitnessstudio. Geschickt lenkte er seinen Wagen in die nächstgelegene Parklücke. Den ganzen Weg hierher war er darauf bedacht gewesen, nicht verfolgt zu werden. Er hatte extra ein paar Schleifen gedreht, um eventuelle Verfolger transparenter für ihn zu machen. Erst als er sich sicher war, dass niemand ihm auf den Fersen war, fuhr er vor das Studio.

Bevor er die Hallen betrat, riskierte er jedoch noch mal einen Blick nach hinten. Sicher ist sicher. Die Leute von de la Crug hatten bestimmt mitbekommen, dass Irina sich bei ihm aufhielt. Er hoffte nur, dass sein Ruf als Privatdetektiv ausreichte, um diese Leute erst mal auf Abstand zu halten. So lange, bis er seinen Plan durchziehen konnte.

Greg betrat die Empfangshalle. Sie war hell und angenehm kühl. Er nahm seine Sonnenbrille ab, um die Lage besser abschätzen zu können. Das Studio war groß. Wie er auf den Schildern lesen konnte, wurde hier nicht nur was für die Fitness getan, auch für das innere und äußere

Wohlbefinden wurde gesorgt. Wellness-Angebote waren hier genauso vertreten wie Ernährungsberatung.

Fragend schaute er sich um, wo wohl die angemieteten Spinde sein könnten. Es wunderte ihn schon, dass er von niemandem hier angesprochen wurde. Schließlich stand er einfach nur da, in Jeans und Hemd und keine Sporttasche dabei.

Da alle irgendwie mit sich selbst beschäftigt waren und er nicht allzu großes Aufsehen erregen wollte, musste er sich alleine auf die Suche machen Er beschloss in Richtung der Fitnessgeräte zu gehen, eventuell hatte er bei den Umkleiden Glück.

Gregs Gespür war mal wieder richtig. Zwischen den Türen der Umkleide standen ein paar von diesen Spinden. Er fand schnell die richtige Nummer und zu seiner leichten Überraschung passte auch die Zahlenkombination. Das Schloss klickte leise und er öffnete die Tür. Was Greg da sah, verwunderte ihn. Er erblickte dort kein Päckchen, sondern ein ausgewachsenes Paket. Er wuchtete es heraus und wog es in den Armen. Er schätzte es auf 5kg. *Kein Wunder, dass de la Crug es vermisst und es gerne wiederhaben würde.* Greg schob das Paket unter den Arm, schloss die Tür des Spinds und verschwand, wie er gekommen war, aus dem Studio.

Er kam dennoch nicht drum herum, sich das Studio genauer anzuschauen. Er sah all die Geräte und stellte sich vor, wie Irina sie benutzte. Sie muss atemberaubend dabei ausgesehen haben. Oder war sie mehr in der Sauna und im Schwimmbecken anzutreffen gewesen?

Er schüttelte sich, um die Gedanken aus seinem Kopf zu bekommen. Dafür war jetzt keine Zeit. Greg wollte de la

Crug endgültig aus dem Weg räumen. Da brauchte er einen klaren Kopf. Für Irina hatte er später immer noch Zeit. Ein kleines Lächeln umspielte seine Lippen. Schließlich würde er ihr zum dritten Mal das Leben retten.

Im Büro hingegen herrschte Schweigen. Die beiden Frauen hatten sich nichts zu sagen. Irina stand mittlerweile am Fenster und betrachtete das Treiben auf der Straße unter ihr. Stephanie fand, dass sie betrübt aussah. Ein wenig tat sie ihr leid. Das schöne Mädel, das wohl nie körperlich hart hatte arbeiten müssen, war aus ihrer Traumwelt gerissen worden, und nun musste sie damit rechnen, jederzeit eine Kugel im Körper zu haben. Sie betrachtete die Russin eine Weile, bevor sie sich sicher war, dass Irina sie nicht täuschen konnte. Sie hielt Irina für gerissen, glaubte ihr nicht wirklich, dass sie so unschuldig war, das sagte ihr weiblicher Instinkt. Das hatte rein gar nichts damit zu tun, dass diese Frau wahrscheinlich mit Greg viel Spaß unter der Dusche und wer weiß sonst noch wo gehabt hatte, rief sie sich ins Gedächtnis. Stephanie fand ihre Meinung unvoreingenommen und neutral. Sie traute Irina nicht.

»Ich würde vom Fenster weggehen, wenn du dein Leben magst, dort kann dich jeder sehen und du bist ein leichtes Ziel.« Greg hatte ihr Leben Stephanie anvertraut und das Vertrauen wollte sie nicht verlieren. Egal was sie von der falschen Schlange hielt.

Irina drehte sich langsam zu ihr um. Ihr Gesicht war aufgequollen von den ganzen Tränen, die sie vergossen hatte. Sie sah geknickt aus. Stephanie hatte plötzlich Mitleid mit ihr.

»Ich weiß, du magst mich nicht«, fing Irina an, während sie sich von dem bodentiefen Fenster wegbewegte. Stephanie hatte damit nicht gerechnet und wirkte aufrichtig überrascht.

»Weißt du, bei mir kommt es nicht alle Tage vor, mit all den Waffen bedroht zu werden, und den Leichen hier und da. Ich bin da ganz und gar nicht so taff wie du.« Sie sprach langsam und nicht so fröhlich wie sonst. Die schmeichelnden Worte berührten Stephanie zutiefst.

»Ich weiß auch, was du von mir denkst, aber du irrst dich. Ich bin nur nett zu allen Menschen, da wird man schnell verurteilt.« Irina setzte sich zu Stephanie auf das Sofa und schaute sie an.

Nett, aha, so nennst du das also, sie sprach die Worte nicht aus, um ihre Professionalität zu bewahren. Diese Augen, die sie anschauten, faszinierten Stephanie sehr.

»Ich habe nicht mit deinem Freund geschlafen, ehrlich. Wir haben damals nacheinander geduscht und auch sonst hat er mich nicht berührt.« Sie log so glaubwürdig und mit fester Stimme, dass Stephanie vor Peinlichkeit rot anlief.

»Wie kommst du darauf, dass ich sowas gedacht habe?«, versuchte sie aus der Situation zu kommen.

»Ich bin gut in meinem Job, auch wenn du es wohl nicht als Job ansehen wirst. Ich bin aber nur so gut, weil ich in den Menschen lesen kann. Ich kenne mich mit Gefühlen aus und weiß die Signale zu deuten, die mir entgegenspringen. Ehrlich, das muss dir nicht peinlich sein. In keiner Weise. Greg ist sehr attraktiv und wird bestimmt von vielen Frauen umgarnt. Da musst du aufpassen. Habe ich Verständnis für.

Ich habe aber auch gesehen, wie er dich ansieht. Für ihn gibt es nur dich, glaub mir.«

Stephanie schmolz dahin. Ihr wurde warm ums Herz. So lange hatte sie sich danach gesehnt, die einzige Frau in Gregs Leben zu sein, und nie war sie sich sicher. Sie klammerte sich an den Worten von Irina fest, darin musste viel Wahres stecken.

»Aber du hast hier geduscht und seine Sachen angehabt. Ich darf nicht mal meine Haarbürste hier deponieren«, zweifelte sie an.

»Hast du es denn mal gemacht«, allmählich verließ Irina die Trübheit. Es half ihr, mit jemandem zu reden und demjenigen auch gleichzeitig zu helfen. Auch wenn das Meiste gelogen war. »Ich habe Greg nicht gefragt. So bin ich. Ich bin einfach unter die Dusche gesprungen und habe ohne was zu sagen seine Sachen angezogen. Wenn es ihn auch bestimmt gestört hat, so ist er dennoch höflich genug, es nicht zu äußern.«

Auch da hatte Irina recht. Greg war ein rücksichtsvoller Mensch. Stephanie musste lächeln. Es gefiel ihr, mit Irina zu plaudern, so unbefangen.

»Und wenn diese Geschichte vorbei ist und ich das wirklich überlebe, werde ich die Stadt für immer verlassen. Ich habe nie vorgehabt hierzubleiben.«

Als Greg später das Büro betrat, lachten und redeten die beiden Frauen wie langjährige Freundinnen. Mit diesem Bild, das sich Greg darbot, hatte er nicht gerechnet.

»Ich habe das Päckchen, besser gesagt: das Paket. Wie habt ihr das bloß rausgeschmuggelt?

Nun zu dem Plan. Du, Irina, musst de la Crug anrufen. Dich reumütig zeigen und versprechen, ihm alles zurückzugeben, was du ihm genommen hast. Im Gegenzug verlangst du dein Leben zurück.«

Beide Frauen machten große Augen.

»Greg, wie stellst du dir das vor! Das überlebt sie nicht.« Stephanie schlug sich auf Irinas Seite.

»Da habe ich auch meine Zweifel, wenn ich ihm den Stoff wiedergebe, habe ich keine Versicherung mehr.« Irina fing an zu zittern. Stephanie legte ihr beschützend den Arm um die Schulter, was Greg zu gerne selber gemacht hätte. So konnte er sich nicht neben Irina setzen, um mit ihr in Ruhe zu reden. Er hätte zu gerne gewusst, was passiert war, in der guten Stunde, in der er den Stoff holen war. Stattdessen schob er seinen Bürostuhl zu den beiden Frauen und erklärte ihnen seinen Plan. Ganz zum Schluss machte er Irina klar, dass sie den Stoff sowieso nicht behalten konnte. Das wäre illegal und das konnte Greg nicht zulassen. Stephanie musste dem zustimmen, und so griff Irina zerknirscht zum Hörer.

»Schätzchen, was machst du denn für Sachen. Ich habe dich gesucht. Bitte lass uns reden.« Antonio klang äußerst besorgt am anderen Ende der Leitung. »Ich habe dich doch immer geliebt, dich bevorzugt vor Tamalia, und du fällst mir in den Rücken. Das tat im ersten Moment weh, das gebe ich zu. Aber nun ist es Zeit zu vergeben und unser Wiedersehen zu feiern.«

Greg hatte die Telefonanlage auf laut gestellt, so dass sie alle mithören konnten. Ein wenig hatte er Angst, Irina würde es vermasseln und doch panisch oder ängstlich werden.

»Antonio, du hast Tamalia umbringen lassen ...«

»Schätzchen, das musste ich tun. Ein Zeichen setzen. Dir könnte ich nie wehtun. Du warst immer, und bist es noch, mein Liebling«, unterbrach sie Antonio.

»Ok, treffen wir uns. Ich habe es eingesehen, das war sehr dumm von mir. Ich will den Stoff gar nicht. Das war alles Tamalias Idee und ich wusste die ganze Zeit nicht, wie ich dir noch unter die Augen treten soll. Darum habe ich mich entschieden, dir den Stoff wiederzugeben und hoffe du kannst mir verzeihen.«

Irina machte ihre Sache gut, dachte sich Greg, etwas zu gut. Das Mädchen steckte voller Überraschungen. An ihr war eine Schauspielerin verlorengegangen, empfand er.

»Ich liebe dich Irina, wie könnte ich dir da nicht verzeihen. Komm her und bring alles mit. Dann feiern wir unser Wiedersehen, so wie früher.« Eifersucht durchzog Greg.

»Nein, lieber nicht. Lass uns an einem neutralen Ort treffen. Das alte Filmgelände im Industriegebiet. Um sieben Uhr. Komm bitte alleine.«

»Was soll das?« Die Stimme von de la Crug änderte sich. »Traust du mir nicht? Nach allem, was wir erlebt haben?«

»Wirklich, ich würde mich sicherer fühlen. Komm dorthin, ich melde mich bei dir, sobald ich da bin.«

»Was ist mit der Polizei? Ich habe vernommen, dass es vor deinem Hotelzimmer eine Schießerei gegeben hat und sie dich mitgenommen haben. Du möchtest mich doch nicht nochmal hintergehen, Schätzchen?«

Greg hielt den Atem an. De la Crug wusste wirklich, was in der Stadt passierte. Er hoffte inständig, dass Irina jetzt nicht die Nerven verlieren würde.

»Die haben nur meine Aussage gebraucht und haben mich dann gehen lassen.«

Bevor sich Greg entspannen konnte, kam auch schon die nächste Frage von de la Crug.

»Was ist mit dem Privatdetektiv? Diesem Blunck. Er scheint dich zu kennen. Ist er nicht bei dir?«

»Antonio, ich habe bei mir fünf Kilo reinsten Stoff, da kann ich solche Schnüffler nicht gebrauchen. Ich möchte weder in den Knast noch ins Leichenschauhaus. Bitte, komm zu dem Treffen, und wir bereinigen die Sache. Antonio, bitte.«

Keiner der drei konnte sehen, wie de la Crug Blicke mit seinem Leibwächter austauschte, der schweigend mit dem Kopf nickte.

»Gut Schätzchen, machen wir es so. Wir sehen uns heute Abend dort, ich freue mich.«

Nachdem sie aufgelegt hatte, schaute Irina verzweifelt zu Blunck und Stephanie.

»Er wird nicht alleine dort auftauchen. Ich werde den Tag nicht überleben, oder?«

»Ich rechne damit, dass er jemanden mitbringt. Doch ich bin mir sicher, dass wir uns morgen früh alle wiedersehen.«

»Kommt Stephanie auch mit?«

»Nein, ich brauche ihre Kraft hier. Du musst Redlinger anrufen und ihm Bescheid sagen. Es muss diesmal wirklich alles klappen. Wer weiß wann ich, wann wir, noch mal so eine Chance bekommen.« Das war nur die halbe Wahrheit. Er wollte auch mit Irina alleine sein. So ein leerstehendes Filmgelände war perfekt, um sich zu bedanken, fand er.

Greg wollte keine Zeit verlieren und gleich los, bevor de la Crug dort jemanden in Stellung bringen konnte. Stephanie und Irina umarmten sich zum Abschied.

»Es wird alles gut, du wirst schon sehen«, versuchte Stephanie beruhigend auf sie zu wirken.

»Du nutzt die Zeit, darüber nachzudenken, was ich dir geraten habe.« Irina lächelte sie an und verschwand mit Greg durch die Tür.

Stephanie blieb mit Bewunderung für Irina zurück. *Was für eine Frau. Steckt in Lebensgefahr und macht sich noch Gedanken um andere. Wie habe ich mich doch in ihr getäuscht.* Stephanie drehte auf dem Fuße um. Sie ging zu Gregs Schreibtisch, um die Telefonate zu führen, um die sie ihr Schatz gebeten hatte. Danach machte sie sich daran, Irinas Rat zu befolgen. Nicht lange Greg zu fragen oder auf ein Zeichen zu warten. Selber die Initiative zu ergreifen. Er liebte sie, das wusste sie nun mehr denn je. Sie schaute aus dem Fenster und fing an zu träumen. Zu träumen von einer Zukunft mit Greg.

Es war schon Nachmittag, als sie an dem verlassenen Set ankamen. Die Sonne stand zwar nicht mehr so hoch, brannte aber wie gewöhnlich auf der Haut. Greg parkte seinen Wagen etwas abseits des Geländes. Er ließ Irina am Eingang stehen, um sich zuerst alleine umzuschauen. Noch niemand war auf dem Gelände. Hier und da fand er ein paar Schlafplätze von Obdachlosen, die das Areal für sich entdeckt hatten. Der Privatdetektiv war froh, keinen von ihnen anzutreffen. Er wusste nicht, wie gefährlich es hier gleich werden könnte. Auf jeden Fall rechnete er mit einer kleinen Schießerei. Instinktiv tastete er nach seiner Waffe. Prüfte, ob sie geladen und schussbereit war. Natürlich war sie das.

Greg ging zurück und holte Irina. Zusammen suchten sie nach einem sicheren Versteck. Sie fanden es in der Wild-West-Kulisse. Hier, hinter den Ruinen des Saloons, denn ganze Häuser standen nicht mehr, konnten sie sich aufhalten, ohne gleich gesehen zu werden, und doch alles beobachten.

Zwar würde es noch eine Weile dauern, bis de la Crug hier eintraf, doch Greg wollte auf der Hut sein und de la Crugs Leute abfangen, denn mit Sicherheit würde er jemanden vorschicken, um die Lage abzuklären und eventuell für einen Hinterhalt zu sorgen.

Etwas staksig ging Irina auf dem weichen Boden. Ihre Schuhe waren nicht für so einen Ausflug gedacht. Greg half ihr, nicht das Gleichgewicht zu verlieren. Er führte sie zu einem maroden Tisch. Er überprüfte die davor stehenden Stühle darauf, ob sie die beiden tragen würden, ohne gleich ihren Dienst zu verweigern.

Greg stellte seinen Stuhl so, dass er die Pforte, die auf das Gelände führte, gut sehen konnte, ohne selbst den Hereinkommenden ins Auge zu fallen.

Obwohl es immer noch sehr heiß war an diesem Tag, schien Irina zu frieren. Sie schlug die Arme um ihren Oberkörper, um ihre Körperwärme zu speichern.

»Was ist los? Geht's dir nicht gut?« Greg war besorgt.

»Ich glaube, das ist alles zu viel für mich, Greg. Ich weiß nicht, ob ich das schaffe.« Wieder liefen ihr Tränen die Wange herab. Sie versuchte sie zu verstecken, indem sie sie schnell mit den Händen wegwischte, aber bald kamen so viele hinterher, dass sie nicht mehr dagegen ankam.

Greg ging zu ihr, zog sie zu sich hoch und umarmte sie. Er roch an ihren Haaren, spürte ihre Wärme an seiner Brust. Seine Hand glitt durch ihr langes weiches Haar, streifte ihren Hals. Sie sah zu ihm auf und ihre Blicke trafen sich. Ihm schien, als ob sie etwas sagen wollte, doch ihre

Lippen bewegten sich nicht. Lange blieben sie so stehen und Greg verlor jegliches Zeitgefühl.

»Wie kann ich dir nur jemals dafür danken, Greg? Du hast so viel für mich getan. So selbstlos wurde ich noch nie behandelt.« Damit hatte sie zwar nicht ganz recht, dachte sich Greg, aber er wollte diesen für ihn wunderbaren Moment nicht zerstören.

Seine Lippen kamen auf ihre zu. Es folgte ein langer Kuss. Schon bald fiel ihr Kleid zu Boden und Irina bedankte sich abermals bei ihm, auf ihre ganz besondere Weise.

Damit war Greg so abgelenkt, dass er vergaß, die Pforte im Auge zu behalten. Er bekam nicht mit, wie ein glatzköpfiger Mann im schwarzen Anzug das Gelände betrat. Sich leise und geschmeidig fortbewegte, um sich gleich darauf unsichtbar zu machen.

Lange lagen die beiden nackten Körper noch im Staub der zerfallenen Westernstadt. Irina lag mit ihrem Kopf auf Gregs Brust, und er strich ihr immer wieder durch die Haare. Er war gefangen von ihrer Aura. Wollte sie nie wieder loslassen. Ein Geräusch ließ ihn erwachen. Erschrocken sprang er auf. Es war fast sieben Uhr. Sein Blick ging zur Pforte. Nichts bewegte sich. Er war sicher, dass keiner unbemerkt auf das Gelände gelangt war. Schnell zog er sich seine Sachen über und deutete Irina, dasselbe zu machen.

»Los, de la Crug könnte gleich hier sein.«

Er ging zu dem Fenster in der noch stehenden Wand der Westernkulisse und schielte nach draußen. Was für ein Geräusch hatte ihn aufschrecken lassen? Er sah zur Seite, wo eine streunende Katze sich an einer toten Ratte vergnügte. Tief atmete er durch. Greg ermahnte sich innerlich, keine Schwäche mehr zuzulassen, so groß auch das Verlangen sein würde. Beinahe wäre es schiefgegangen.

Ein dunkler Mercedes AMG hielt, von den beiden unbemerkt, vor der Pforte. Am Steuer saß Antonio de la Crug. Er blickte auf seine Uhr. Ein wenig Zeit hatte er noch. *Schade um die schöne Irina*, dachte er sich. *Gerne hätte ich mich noch ein paar Mal mit ihr vergnügt.* Doch er war auch sauer auf die Russin, sie hatte ihm viel Ärger eingebracht, wegen ein paar Kilo Stoff. Das sollte sie ihm büßen. Man beklaute nicht ungestraft Antonio de la Crug, auch wenn man noch so hübsch und bezaubernd war. Er ging davon aus, dass sein Leibwächter schon vor Stunden Position eingenommen hatte und sie erledigen würde, sobald er in weiter Ferne war. Er wollte nicht auch noch mit einem Mord konfrontiert werden. Erst mal wieder Ruhe reinbringen in seine Geschäfte.

Amüsiert lehnte er sich in seinen Autositz zurück. Er hatte alles im Griff, und Damion würde ihn nicht enttäuschen. Das hatte er noch nie.

Sein Handy klingelte. Ein Blick auf die Uhr und er musste neidlos eingestehen, pünktlich war sie schon immer gewesen.

»Schätzchen, ich bin da, was nun?«, sein Lächeln klang durch den Hörer.

»Komm aufs Gelände, Antonio. In der Mitte des Platzes der Westernstadt wartest du.«

»Ach komm, was soll das Katz-und-Maus-Spiel. Ich sitze vor dem Eingangstor im Auto. Komm raus, dann können wir zu mir fahren.«

»Ich möchte dich alleine sehen, ohne Gefahr zu laufen, dass uns jemand von deinen Leuten beobachtet.«

Antonio konnte sich ein Lachen kaum verkneifen. Ihre naive Art hatte ihm schon immer gefallen. Er tat, was sie ihm sagte, und suchte den Platz in der Westernstadt.

Die Sonne ließ die Schatten der umstehenden Gebäude länger werden, als Antonio den Sandplatz betrat. Er konnte schwer gegen die Sonne schauen und etwas erkennen. Da half ihm seine teure Sonnenbrille auch nicht weiter.

Vor ihm war der Saloon, genau darüber die Sonne, sodass er Irina sehr spät erkannte. Sie lief barfuß durch den Sand, in den Händen hielt sie ein Päckchen. *Mut hat sie ja, das muss ich ihr lassen.*

»Irina, Schätzchen. Was machst du denn für Sachen. Ich bin so froh, dich wiederzusehen, gesund und munter.«

Mit ausgestreckten Armen wollte er auf Irina zugehen.

»Bleib stehen, Antonio. Ich gehe nicht mit dir mit. Ich gebe dir nur dein Eigentum wieder und dann verschwinde ich. Der Deal steht, ja? Mein Leben gegen das Päckchen.«

Antonio strich sich durch die Haare, die nun ganz leger an den Seiten herunterhingen.

»Ich bin Geschäftsmann, Irina, ich stehe zu meinem Wort.«

Sie standen sich nun ganz nah gegenüber. Schauten sich in die Augen. Irinas Lippen formten ein zartes Lächeln. Sie gab ihm das Päckchen.

»Bitteschön. Und nochmal, es tut mir wirklich leid. Ich wollte dir keinen Ärger machen.«

Irina wollte sich umdrehen und gehen, als Antonio sie festhielt.

»Irina, Schatz, das war es? Keine Wiedersehensfeier? Ehrlich, du kannst zu mir kommen. Wohin willst du denn jetzt, ohne Tamalia?«

»Bitte lass mich los. Vielleicht rufe ich dich in ein paar Monaten an und dann können wir immer noch eine Party steigen lassen.«

Energisch löste sie sich von ihm und ging in aller Ruhe weg, so wie sie gekommen war.

Miststück. Ich wollte dir noch eine Chance geben, mit mir zu kommen und mich zu lieben. Nun hast du selber dein Schicksal besiegelt. Damion wird dich abknallen – wie Tamalia. Schade dass ich davon nichts mitbekommen werde.

Mit sich zufrieden ging Antonio zu seinem Mercedes zurück. Er freute sich, dass das Auto noch kühl war, schwitzen war nicht gut für seine Haut. Er drehte das Päckchen in den Händen. *Hm, alles nur wegen diesem kleinen Ding. Sobald dieser Abend vorbei ist, kann ich mich endlich wieder auf wichtigere Sachen konzentrieren.* Er steckte das Päckchen ins Handschuhfach. Startete sein Auto und rollte los. Er war noch nicht weit gekommen, als die Sirenen aufheulten und von überall her Polizeiautos auftauchten und ihn umzingelten. Mit gestreckter Pistole forderten die Uniformierten ihn auf, sein Auto zu verlassen und dabei seine Hände zu zeigen. Nun kam Antonio doch ins Schwitzen. *Diese Schlange, hatte sie etwa die Polizei gerufen? Nur um mir eins auszuwischen, würde sie den Aufenthalt im Gefängnis bevorzugen.* Er wollte es nicht glauben. Wie in Trance verfolgte er, wie einige Polizisten sein Auto durchsuchten. Schnell hatten sie die Drogen gefunden und führten ihn sobald ab. Noch aus dem Augenwinkel konnte er Leutnant Redlinger erkennen. Fluchend stieg er ins Auto und wurde auch schon vom Ort des Geschehens weggefahren.

Greg und Irina kamen aus ihrem Versteck und schlüpften durch die Pforte

»Ha, das hast du gut gemacht, Kumpel.« Das war Redlinger, der da seinen Freund lobte und ihm gleichzeitig auf die Schultern klopfte. »Nun kann kein Richter mehr einen Durchsuchungsbefehl für seine Villa und seine diversen Geschäfte ausschlagen. Ihn mit so viel Drogen zu erwischen, ein Glücksfall, was?« Er stieß seinen Ellenbogen in Gregs Rippen, der dies mit einem Keuchen quittierte.

Irina hing an Gregs Arm. Sie war so froh, dass alles vorbei war und sie tatsächlich noch auf ihren Beinen stand und nicht mit einem Zettel am Zeh im Leichenschauhaus lag. Genau das machte Greg stutzig. Natürlich freute er sich, endlich den mächtigen Antonio de la Crug überführt zu haben, aber so ganz ohne Schießerei? Es lief alles zu glatt für den erfahrenen Privatdetektiv. Seine Gedanken kreisten um das eben Geschehene. War de la Crug wirklich so dumm in die Falle zu gehen oder war es einfach noch nicht vorbei?

Am liebsten wäre er zurück auf das Gelände gegangen, um sich dort nochmal umzuschauen und in Ruhe durchzugehen, was dort passiert war. Doch Redlinger drängte ihn, aufs Revier mitzukommen, um mit ihm die Zeugenaussagen aufzunehmen und natürlich das Verhör vorzubereiten, das de la Crug bevorstand.

»Miss Irina wird von einem Beamten in ein Hotel gebracht. Ich denke es reicht, wenn ich sie morgen vernehme, dann darfst du gerne auch dabei sein«, versuchte Redlinger seinen Freund zu beruhigen.

Irina wollte nicht von Greg weichen, ergab sich aber ihrem Schicksal und stolzierte mit zwei Beamten mit. Greg versprach ihr, ihre Tasche, die noch bei ihm im Büro lag, vorbeibringen zu lassen und verabschiedete sich. Schließlich hatte er versprochen, dass sie sich alle zum Frühstück wiedersehen würden.

Ziemlich spät abends kam Greg in sein Büro und war verwundert, dass Stephanie noch anwesend war.

»Dir ist nichts passiert, wie bin ich froh.« Sie sprang ihm um den Hals und küsste ihn. »Was ist mit Irina? Ein Beamter war hier, um ihre Tasche zu holen. Geht es ihr gut?«

»Ja, alles hat geklappt. De la Crug ist tatsächlich darauf reingefallen und Irina hat ihre Sache gut gemacht. Sie wird heute in einem Hotel übernachten. Morgen früh hole ich sie ab und bevor es aufs Revier geht, wollten wir ja noch zusammen frühstücken.«

Greg nahm sich einen Drink aus der Minibar, was ungewöhnlich für ihn war. Normalerweise trank er nur in Verbindung mit gesellschaftlichen Pflichten. Er ließ sich mit dem Glas in der Hand aufs Sofa plumpsen.

»Was ist los?«

Ihm war nicht zum Reden zumute, aber irgendwie schon. Also erzählte er Stephanie, wie der Abend gelaufen war. Ein paar Details ließ er dabei aus – die intime Zweisamkeit mit Irina. Er erzählte ihr von seinem Zweifel darüber, dass alles zu reibungslos gelaufen sei und dass dies noch nicht alles gewesen sein konnte.

Stephanie streichelte ihm dabei die ganze Zeit den Kopf und versuchte ihn aufzumuntern. Sie sagte, dass nichts mehr passieren könnte, de la Crug war in Gewahrsam und Irina in Sicherheit. Er solle die nächsten Tage abwarten und was die Durchsuchung von de la Crugs Anwesen ergeben würde. Greg hatte allen Grund zur Freude, nach all den Jahren hatte er es geschafft, de la Crug zu überführen.

Greg sah ihr in die Augen und fragte sich, womit er sie nur verdient hatte. Irina war fantastisch, aber wohl doch nur eine Art Fabelwesen, das kommt und geht, aber Stephanie war all die Jahre an seiner Seite geblieben und zum ersten Mal auch die Nacht in seinem Bett.

Mit einem Plastikbecher Kaffee stand Greg vor der Tür des Hotelzimmers, wo Irina die Nacht verbracht hatte. Er konnte sich noch gut daran erinnern, dass die schöne Russin Kaffee am Morgen bevorzugte, statt genüsslichen Tee. Er klopfte dezent an der Tür.

Greg ging es gut. Er hatte gestern einen riesigen Erfolg gehabt und eine wunderschöne Nacht verbracht. Er hatte sich fest vorgenommen, Irina, so wunderbar sie auch war, ab jetzt nur noch als Klientin anzusehen und er wusste, er konnte ihr widerstehen.

Er klopfte erneut, diesmal energischer. Keine Bewegung war hinter der Tür zu vernehmen. Diesmal schlug er mit der Faust gegen die Tür und rief ihren Namen. Wieder nichts. Er deutete dem Beamten, der vor der Tür Wache gehalten hatte, dass etwas nicht stimmte. Den Kaffeebecher stellte er auf den Fußboden und zog seine Waffe. Mit einem gekonnten Tritt flog die Tür aus den Angeln und Greg stürmte das Zimmer.

Das Bett war nicht benutzt worden, im Badezimmer war auch niemand, selbst die Fenster waren zu und Irinas Tasche nicht zu sehen. Greg steckte die Waffe wieder in den Halfter. Er schaute sich genauer um und fand auf dem Kopfkissen einen Zettel.

Lieber Greg, ich danke Dir für alles, was Du für mich getan hast. Das werde ich Dir nie vergessen. Bitte versuche zu verstehen, dass alles was in letzter Zeit geschehen ist zu viel für mich war. Ich musste weg. Ich möchte nichts mehr mit Antonio zu tun haben und auf eine Anzeige wegen Drogenbesitz kann ich auch verzichten. Wie ich Stephanie versprochen habe, werde ich die Stadt verlassen und nie wiederkommen. Bitte probiere gar nicht erst mich zu finden. Antonio war nicht mein einziger Kunde mit zweifelhaften Beziehungen. Ich weiß mich zu verstecken. In Liebe, Irina.

Wut und Enttäuschung stieg in Greg hoch. Er konnte sich beherrschen, den Zettel nicht gleich zusammenzuknüllen. Mitten im Raum stand er da, die Gedanken schwirrten durch seinen Kopf. Was ist, wenn sie gezwungen worden war, das zu schreiben, oder sie direkt in die Arme von de la Crugs Leuten laufen würde. Er hatte es gestern schon geahnt, es war noch nicht vorbei.

Bevor er zu Redlinger fahren würde, um sich mit ihm zu besprechen, stellte sich die Frage, wie Irina unbemerkt aus dem Hotelzimmer kommen konnte. Der Beamte, der Wache hielt, war keine große Hilfe, denn er war nicht die ganze Nacht über dort gewesen. Seine Schicht hatte erst vor ein paar Stunden angefangen.

»Also, da habe ich mal gute Neuigkeiten, nicht überragende, aber doch gut.« Redlinger kam in sein Büro, mit einer Mappe in der Hand. Es war inzwischen spät am Nachmittag und Irina war, trotz Großfahndung, nirgendwo aufgetaucht. Um sich abzulenken, hatte Greg den Leuten vom Morddezernat in Zusammenarbeit mit der Drogenfahndung geholfen, die Villa von Antonio de la Crug auseinanderzunehmen. Gleichzeitig wurden seine Etablissements durchstöbert. Irina hatte nicht gelogen, das ganze Gelände der Villa war unterkellert. Einige Wege erstreckten sich bis weit vom Haus entfernt. Es schien, als ob der mächtige de la Crug an alles gedacht und sich rundherum abgesichert hatte. Bis zwei reizende, unschuldige Damen in sein Leben getreten waren und den Ausschlag dafür gegeben hatten, dass sein Imperium einstürzt.

Die Untersuchungen waren noch im vollen Gange und würden wohl auch noch ein paar Tage dauern, als Greg und Redlinger sich aufmachten, zurück zum Revier zu fahren. Nun saß Greg vor dem Schreibtisch des Leutnants und wartete gespannt darauf, was er zu sagen hatte.

»Also, diese Irina wurde am Flughafen von L.A. gesichtet, wie sie in eine Maschine Richtung Kuba stieg. Allerdings, so wie es ausschaut, schon heute in der Frühe. Also wird sie wohl schon kubanischen Boden betreten haben.«

»Und was ist daran gut?«, wollte Greg leicht gereizt wissen.

»Na sie ist nicht aus dem Hotelzimmer entführt worden und auch nicht in die Hände von de la Crug geraten. Soweit ich informiert bin, reichen seine Finger nicht bis über die Landesgrenze, also ist sie in Sicherheit.«

Redlinger interpretierte den Gesichtsausdruck seines Freundes völlig falsch.

»Mach dir keine Sorgen. Wir haben genug in der Hand gegen de la Crug. Eine Aussage von ihr wäre das Sahnehäubchen gewesen, aber mit all dem, was in der Villa lagert, bekommt er ein paar Jahre. Ein paar Morde können wir ihm bestimmt so auch noch nachweisen. Damit wird er es schwer haben, irgendwann wieder ungesiebte Luft atmen zu können.«

Greg wollte sich nicht in die Karten schauen und den Leutnant wissen lassen, was wirklich in ihm vorging. Er war enttäuscht, dass sich Irina nicht persönlich von ihm verabschiedet hatte. Von dem Zettel hatte er Redlinger nichts erzählt.

»Ja, du hast wohl recht. Meinst du nicht, wir sollten den Fang feiern? Wie wäre es morgen Abend, ich lade dich und Stephanie ein.«

»Na, wenn du uns nicht in eines dieser komischen vegetarischen Restaurants schleppst, bin ich dabei.« Beide mussten darüber lachen und verabschiedeten sich, um weiter ihre Arbeit zu machen. Die da wäre, jeder auf seine Art, Los Angeles ein Stück sicherer zu machen.

Die Sonne schien goldgelb durch die mit leichten Vorhängen geschmückten Fenster. Der Wind spielte mit dem herunterhängenden Stoff und ließ Schattenspiele auf dem Fußboden zurück. In Malaysia war es ein schöner, trockener Tag, als die blonde Schönheit aus dem Badezimmer stieg. Sie wickelte ihren noch nassen Körper in ein großes Handtuch. Eine Windböe verursachte ein leichtes Kribbeln auf ihrer Haut. Die kleine Russin war entspannt und freute sich über diesen schönen Tag. Sie drehte sich um. Erschrocken hielt sie in ihrer Bewegung inne.

Sie starrte auf den Lauf eines Kleinkalibers. Der lange Lauf einer Browning Buckmark zielte auf ihr hübsches Gesicht. Ihr blieb das Herz stehen. Sie blickte an dem Lauf vorbei und erkannte ihr Gegenüber.

»Damion, wie hast du mich gefunden?« Irina versuchte gefasst zu wirken.

»Das war gar nicht so schwer Irina, du bist nicht sehr gut darin, dich heimlich zu verdrücken. Und nun, nimm deine Hände hoch.« Er deutete mit der Pistole eine Bewegung nach oben an. »Wenn ich bitten darf«, fügte er zynisch hinzu.

»Aber ich war gerade duschen, ich bin ganz nackt unter dem Handtuch, Damion.«

»Los jetzt«, seine Stimme wurde lauter.

Irina schluckte hörbar. Doch sie gehorchte. Langsam hob sie die Arme und genauso langsam glitt das weiße Tuch nach unten.

Er erblickte ihren makellosen Körper. Leicht braun gebrannt. Sie stand wie Eva, die erste Frau auf Erden, da. Fast erschien sie Damion unschuldig. Sein Körper reagierte sofort auf diesen Anblick. Er dachte an seinen Auftrag und die warnenden Worte von de la Crug, seinem Boss, bevor er sich auf Irinas Spur begeben hatte:

»Die Schlange wird versuchen, dich umzudrehen. Sie wird all ihre Reize ausspielen, um dich davon abzubringen, sie zu töten. Ich weiß, dass du ihr widerstehen kannst. Du bist mein bester Mann. Du bist mein Freund. Ich weiß, dass ich mich auf dich verlassen kann. Finde sie, töte sie. Meinetwegen quäle sie vorher. Habe deinen Spaß mit ihr. Aber setze ein Zeichen mit ihrem Tod.«

Sein Boss hatte recht, sie versuchte ihn mit ihren Reizen abzulenken, doch sein Boss hatte auch unrecht. Er konnte dieser Versuchung nicht widerstehen.

Damion schritt näher an sie heran, bis er ihren Geruch wahrnehmen konnte. Den lieblichen, leicht blumigen Geruch. Dieser passte zu ihrem Körper. Er raubte ihm fast die Sinne. Damion zog den Duft tief ein. Seine Nase vergrub sich in ihren feuchten Haaren.

Ihr Atem wurde schneller, als der Pistolenlauf ihren Hals berührte. Noch immer stand sie so da wie ihr befohlen.

Seine Lippen streiften ihren Hals, während er den Lauf seiner Waffe sachte über ihren Körper streifen ließ. So wanderte er über ihre Brüste hin zum Bauchnabel.

»Ich habe dich oft mit meinem Boss gesehen. Du stehst doch auf harte Kerle«, flüsterte er ihr ins Ohr.

Damion ging einen Schritt zurück, sah ihr in die Augen. Damion war nicht viel größer als sie, dafür mit einer willensstarken und entschlossenen Aura umgeben. Zu so einem Mann sagt man nicht ungestraft nein. Er hielt in der linken Hand Handschellen. Hob sie hoch, so dass sie vor ihren Augen schwebten.

»Los Irina, mach dich damit am Bett fest.«

Zögernd nahm sie die Handschellen an sich. Drehte sich um und tat wie befohlen.

»Damion, was hast du vor?« Ein leichtes Zittern untermalte ihre Stimme.

Damion stellte sich vor das Bett, legte seine Waffe kurz beiseite und knöpfte langsam sein Hemd auf.

»Ich werde es dir richtig zeigen.«

Er nahm seine Waffe wieder in die Hand und machte sich über die wehrlose Irina her.

Irina war irgendwann erschöpft eingeschlafen. Als sie aufwachte, sah sie Damion neben sich auf dem Bett sitzen. Über ihren nackten Körper hatte er fürsorglich eine Decke gelegt. Er hatte wieder seine Hose an, aber sein Oberkörper war noch frei. Er tat das, was er am besten konnte, seine Waffe putzen. Bei jeder Bewegung spielten seine Muskeln sichtbar unter seiner Haut. Irina gefiel, was sie sah. Sie wollte sich aufrichten, da bemerkte sie, dass sie noch immer ans Bett gefesselt war.

»Schatz, kannst du mich jetzt losmachen?«

Damion blickte vertust zur Seite.

»Ja klar, hatte ich vergessen.« Er lächelte sie an. Damion konnte tatsächlich lächeln, und es sah bezaubernd aus, fand Irina.

Damion machte Irina los und gab ihr einen Kuss auf die Stirn. Sie schmiegte sich derweil an seinen warmen Oberkörper.

»Ich hätte nicht damit gerechnet, dich so schnell wiederzusehen, Damion. Es ist doch erst zwei Monate her.«

»Die Staatsbediensteten waren ganz scharf drauf, den Boss so schnell wie möglich hinter Schloss und Riegel zu bringen und die Lieferanten brauchen schließlich einen neuen Ansprechpartner. Es lief alles schneller ab, als ich dachte. Dann musste ich nur noch deiner leicht zu verfolgenden Spur folgen, und da bin ich.«

»Und wirklich, keiner hat Verdacht geschöpft?«

»Die Leute gewöhnen sich schnell an neue Gegebenheiten – und der Boss ist zurzeit anderweitig beschäftigt.«

»Ach Damion, es hat wirklich alles geklappt, ich kann es noch gar nicht fassen. Wir haben es geschafft und können nun, ohne uns zu verstecken, zusammen sein.« Irina reckte sich, um ihm einen Kuss auf die Lippen zu geben. Er erwiderte diesen nur allzu bereitwillig. Dann schaute er ihr tief in die Augen.

»Ich musste Tamalia umbringen, das weißt du.«

»Ja, das ist nicht so gut gelaufen, aber früher oder später hätte ich sie loswerden müssen. Und so hat sie es hinter sich, die gute Tamalia.«

Schweigen trat ein, während dem sie einfach nur dasaßen und sich gegenseitig genossen.

»Wie bist du bloß darauf gekommen, diesen Privatdetektiv mit einzuspannen. Der hat eine Menge erleichtert.«

Sie erzählte ihm, dass das gar nicht so von ihr geplant gewesen war. Diese Idee kam ihr, als sie sich in Texas versteckt hatte. Sie konnte ja keinen Kontakt mit ihm aufnehmen und wusste, dass sie sofort auf dem Radar von Antonios Leuten erscheinen würde, wenn sie sich in Los Angeles aufhielt. Sie musste nur abwarten und um Hilfe rufen.

»Er war so wild darauf, mir zu helfen und hat mir nach kurzer Zeit aus der Hand gefressen. Du hast uns doch gesehen, als wir das Motel verließen. Du warst es doch, der in dem Van saß und uns beobachtet hat.«

»Ja, ich war da, zu deinem Schutz. Dass sich der Schnüffler eingeschaltet hat, erleichterte mir die Ausrede beim Boss ungemein.«

Irina gestand ihm, dass es sie erregt hatte zu wissen, dass er in ihrer Nähe war. Einen langen Kuss bekam sie als Antwort.

Sie berichtete weiter, dass es ab da wie von selber lief. Blunck und Redlinger dachten, sie so richtig in die Mangel genommen zu haben und alles aus ihr rausquetschen zu können. Sie schienen auch sehr zufrieden mit dem Ergebnis.

»Wohl um meine Reaktion zu testen, erzählten sie mir von Papus Tod. Diese Nachricht machte mich furchtbar an. Mir wurde richtig heiß vor Erregung. Ich vermisste deine Nähe so sehr. Ich hatte Mühe, mich wieder in den Griff zu bekommen, damit die beiden nichts merken. Du hast Papu beseitigt, nicht wahr, Schatz?«

Damion nickte.

»Das sogar im Auftrag vom Boss.«

Wieder unterbrach Irina ihre Erzählungen, um sich bei ihrem Freund mit Küssen zu bedanken. Sie war immer noch aufgeregt, da nun wirklich alles vorbei war.

Dann erzählte sie von Stephanie, der Assistentin von Greg. Sie war misstrauisch ihr gegenüber. Irina hatte noch nie Probleme gehabt, Frauen so zu manipulieren, wie es ihr passte. Und bei Stephanie ging es besonders einfach.

»Eine Stunde mit ihr alleine, und sie hielt mich fast für ihre beste Freundin. Auf jeden Fall für komplett unschuldig«, freute sich Irina. »Aber wo warst du, als wir die Falle für Antonio gestellt haben? Ich habe mit dir gerechnet. Hoffte inständig, dass du es nicht vermasseln würdest und sie dich auch noch einsperren.«

»Ich habe mich auf das Gelände geschlichen und abgewartet. Ich sollte dich erledigen, sobald de la Crug den Stoff zurückhatte. Er fand die Kulisse auch sehr passend dafür, weil dich da wohl niemand so schnell gefunden hätte. Als die Polizei auftauchte, bin ich abgetaucht. Wie mein Auftrag nun lautete, kannst du dir ja denken.« Er lächelte Irina schelmisch an, die ihn dafür gegen die Schulter boxte. Er schnappte sie sich, um mit ihr nochmals die Kissen zu durchwühlen. Sie liebten einander und wollten es dem anderen deutlich zeigen.

Sie verbrachten den ganzen Tag im Bett. Das Essen ließen sie sich aufs Zimmer bringen.

»Schatz, ist wirklich alles vorbei? Haben wir die Geschäfte jetzt übernommen?« Irina fragte das schon zum fünften Mal an diesem Tag.

»Ja, es ist vorbei. Der Boss wird wohl nie wieder das Gefängnis verlassen. Sein Imperium ist zerbröckelt und seine Leute untergetaucht. Jeder Richter und Staatsmann, den er auf seiner Liste hatte, hat sich gegen ihn gewandt. Niemand möchte mehr etwas mit ihm zu tun haben. Ich habe einen Teil der Geschäfte hierhin verlegt. Wir können hierbleiben und uns etwas aufbauen, oder uns was anderes suchen, wie du möchtest.«

Irina sank in die Kissen, lächelte ihren Damion an und seufzte erleichtert: »Und niemand wird uns hier finden.«

Der Mond machte sich daran, den Himmel zu erobern, tauchte das Zimmer in ein warmes Licht und ließ die beiden Liebenden mit sich allein.